新潮文庫

不倫純愛

新堂冬樹著

新潮社版

不倫純愛

不倫純愛

1

一向に、睡魔は訪れてきそうもなかった。

微《かす》かに聞こえるシャワーの音に焦燥を感じながら、京介《きょうすけ》は寝返りを打った。

このまま眠りに落ちることができたなら……という考えが、たぶん卑怯《ひきょう》なのだろうと思う。

しかし、疲れているのを理由にしたときに、確実に気まずい空気に支配されることがわかっているので、「卑怯な男」を選択するしかないのだった。

真知子《まちこ》との夫婦仲は、結婚生活十五年ということを考えれば、円満そのものだった。よく気が利《き》き、料理上手で、容姿も実年齢の四十より十近くは若く見える妻に不満はなかった。

出版社の編集長という要職に就き、年収は七百万と高給とはいかないまでも不足のない稼ぎがあり、週末は必ず外食に誘う夫を、妻もまた不満には思っていないはずだった。

映画鑑賞、読書、グルメ……ふたりの趣味も共通していた。

妻を愛しているのか？と訊《たず》ねられれば、京介は迷いなくイエスと答える。

だが、それは恋愛感情なのか？　と訊ねられれば、首を縦に振る自信はなかった。

愛しているのに、恋愛感情はない。

一見、矛盾しているようでも、京介にとっては、至極あたりまえのことだった。

恋とはエネルギーを要するもの……全速力で駆け抜ければ早く息が切れるように、長きに亘《わた》って円満な夫婦関係を続けようとするならば、長距離ランナーのように緩やかな速度で走る必要があった。

そう、恋愛は、競走馬と騎手の関係によく似ている。

そのレースが短距離ならば、激しく、強く鞭《むち》をふるってもいいだろう。

しかし、スタミナが要求される長距離ならば、全力で鞭打てばゴールに行き着くまでに馬は力尽きてしまう。

それは、京介だけに当て嵌《は》まる話ではなく、真知子にも言えることだ。

――出会った頃は、眠りに入る最後の記憶はいつもあなたの顔だった。

明日は早いから……と真知子に背を向けたある夜、彼女はぽつりと呟《つぶや》いた。

妻の言いたいことが、わからないわけではなかった。

ただ、だからといって、真知子にたいしての愛情がなくなったということにはならない。

むしろ、愛情は深まったとも言える。

ただ、その愛の質が変わっただけの話だ。

シャワーの音が止《や》んだ。

京介は、途端に胸苦しさを覚えた。

真知子と過ごす時間は、身も心もリラックスでき、京介にとって心地好《よ》いひとときだった。

ただし、夜だけは別だった。

一日、また一日と過ぎるたびに、京介の胸は罪悪感に掻《か》き毟《むし》られてしまう。

それが一ヵ月を過ぎたときには、あたかも自分が犯罪者のように思えてくる。

その強迫観念に耐え切れず、務めを果たしたら今度は、満たされない妻の姿に自信を喪失してしまう自分がいた。

バスルームの扉の開閉音に続いて近づく足音に合わせるように、京介の鼓動が高鳴った。

その心音は、思春期の頃や初めての女性を相手にするときの期待によるものではなかった。

たとえるならば、徒競走が苦手な少年がスターターの合図を待つ瞬間……に似ているのかもしれない。

といって、京介が性行為を苦手にしているわけでも、嫌悪《けんお》しているわけでもない。

性欲は人並みにあるつもりだし、それなりに女性を満足させてもきた。

だが、いつの頃からか、夫婦間の営みを億劫《おっくう》に感じるようになっていた。

「起きてるの？」

寝室の薄暗がりに、ドアの隙間《すきま》から廊下のダウンライトの琥珀《こはく》色が忍び込む。

「ああ」

京介は上半身を肘《ひじ》で支え、バスタオルを巻いただけの真知子を眩《まぶ》しそうに眼を細めて見つめた。

自分に刺激を与えるために、頭の中で、真知子が見知らぬ若い配達員に犯されている場面を想像した。

一年前までは効果のあった応急処置も、繰り返し観《み》た映画のように新鮮味に欠け、京介の望みどおりにはならなかった。

少しはにかんだように俯《うつむ》き加減の真知子がベッドに滑り入る。衣擦《きぬず》れの音に触れ合う膝《ひざ》。新婚当時はこれだけで京介は自分を持て余していた。胸もとに折り込んだバスタオルを親指で外し、真知子の裸体に舐《な》め回すような視線を無理に這《は》わせた。

一秒たりとも眼が離せない……とでもいうように。

静脈が透けて見える白く軟らかな肌は、夫とは対照的に期待に薄桃色に上気していた。

それを裏づけるように、四十を迎えた女性とは思えない張りのある乳房の先端ははやくも固く尖《とが》っていた。

そういう真知子の変化に、京介はさらにプレッシャーを感じてしまうのだった。

――辰波《たつなみ》。一ヵ月……いや、一週間でいいからさ、ウチのヒキガエルとお前の女房を交換してほしいよ。

——編集長は、幸せですね。だって、あんな美人の奥さんがいたら、俺、絶対にキャバクラなんか行きませんよ。

外見同様に、真知子の肉体は瑞々《みずみず》しさに溢《あふ》れていた。

同年代の同僚はもちろんのこと、二十代半ばの部下でさえ、若く美しい妻を持つ京介に羨《うらや》みの言葉をかけてくる。

数年前までは素直に優越感に浸ることのできていた京介だったが、最近では、不安な気分に囚《とら》われるようになってしまった。

それは、自分の価値観がおかしいのではないか……精神的に病んでいるのではないか、という不安だった。

どんなに景色が美しく空気が澄んだ素晴らしい別荘地でも、たまに行くから新鮮な気分になるのであり、日常生活を送ってしまえば解放感や癒《いや》し感は退屈に感じてしまうだろう。

抜けるような青空も風に掬《すく》われる葉の音も、毎日のように眼にし、また耳にしたら感動は徐々に薄れてゆくものだ。

そして、そのうち、刺激がほしい……という欲求が湧《わ》き起こってくるに違いない。

京介なりの真知子に対する想《おも》いを自己分析してみると、決して彼女の魅力がなくなったわけでも自分が異常なわけでもなく、景色が美しく空気が澄んだ素晴らしい別荘地も、新鮮味がなくなれば退屈なだけの田舎に過ぎないというたとえに行き着いてしまう。

同僚や部下から見た真知子は、初めて、またはたまに行く別荘地であり、京介はその別荘地に長年暮らしているので、彼らのような感情にならないのは仕方のない話だ。

彼らもきっと、真知子と十五年、いや、五年も生活をともにすれば、いまとは違う発言になるはずだ。

京介は、頭から雑念を追い払い、真知子の両の柔らかな砂丘を包んだ掌《てのひら》で円を描いた。

淫靡《いんび》なムードに自分を導くべく、過去に体験した刺激的なシーンを故意に回想してみても、下半身は無気力な状態だった。

細く尖った顎《あご》を天に向けた真知子の白い喉《のど》に、ほんのりと朱色が広がった。

人差し指と中指の隙間から覗《のぞ》く乳輪をざらついた舌先で焦《じ》らすようになぞると、真知子が切なげな喘《あえ》ぎ声を漏らした。

昔は一秒でも長く妻の肌に触れたくて丹念に愛撫《あいぶ》をしていたが、いまは、京介の下半身に変化を起こすための時間稼ぎの儀式と化していた。

もちろん、真知子はそれを知らないし、また、知られてはならない。

右と左の乳輪に充分に舌を這わせた京介が、硬度を増した先端を唇で挟みながら舌先でこねくり回すと、真知子の声のボリュームがなおいっそう上がり、喉の朱色が全身に移行した。

客観視すればかなり煽情《せんじょう》的な光景ではあるが、相変わらず京介には変化の兆《きざ》しが訪れそうにもなかった。

左右交互に先端への愛撫を繰り返しながら、右手を体のラインに沿うように下へと滑らせた。

真知子のそこから溢れ出した蜜液《みつえき》が既に股関節《こかんせつ》まで濡《ぬ》らし、京介の中指を抵抗なく呑《の》み込んだ。

その瞬間、真知子は高く短い喘ぎ声を出し、より深くへと中指を導くために自ら腰を浮かせた。

昂《たか》ぶる妻と反比例するように、京介は冷めた。

つき合い始めの頃の真知子は、京介がそこを触れている間中、恥ずかしさに顔を掌で覆《おお》い肉体を強張《こわば》らせていたものだ。

そういう初《うぶ》な仕草が京介の支配欲を掻き立て、壊れるほどに真知子を貪《むさぼ》った。

肉体的には一切触れずに、ただひたすら真知子のそこを眺めていたときなど、羞恥《しゅうち》のあまりに泣き出したこともあった。

ひとつひとつ、京介の手解きによって真知子が学習し、受動的から能動的になったときの感激は言葉では表現できなかった。

しかし、それも最初のうちだけであり、真知子が積極的になるほどに京介の感動はなくなっていくのだった。

十分、二十分……京介が雄になるための儀式が続いた。

真知子のほうは、受け容れ態勢が充分に整っている。

薄く開いた瞼《まぶた》の奥に潤《うる》んだ瞳《ひとみ》が、京介を求めていた。

京介は真知子の耳に舌先を入れつつ、執拗《しつよう》に秘部の中で指を動かし時間稼ぎをした。

妻の声が大きくなるほどに、京介の余裕が奪われてゆく。

頭の中を空にして、無心になった。

これまでにも、なんとかしようと空回りし過ぎたのが逆効果になり、途中で終わってしまったことが何度かあった。

三十分が過ぎた頃だろうか、ようやく、京介にその兆しが表れた。

この機を逃してはならないとばかりに京介は素早く身を起こし、くの字に折り曲げられた真知子の太腿《ふともも》の間に腰を埋《うず》めた。

それは、昂ぶる興奮に抗《あらが》い切れずに女体にむしゃぶりつく、という行動とは違った。

真知子の白い喉が震え、半開きの唇から膨張した物質が弾《はじ》けたような力強く短い喘ぎ声が発せられた。

京介は、ベッドにまっ直《す》ぐについた両肘で真知子の高々と掲げた足を支えるようにして、行為に及んだ。

ベッドが軋《きし》み、ヘッドボードに置かれた花瓶の造花が揺れた。

最初ははっきりと聞こえていた真知子の喘ぎ声が、次第に弱々しいものとなってきた。

京介の焦《あせ》りが伝わったのか、真知子の声がふたたび大きくなった。

そっと、妻の足先を見た。

弛《し》緩《かん》したふくらはぎ、緊張感のない爪先《つまさき》。

真知子がオルガスムスに溺《おぼ》れているときには、ふくらはぎが強張り、指先は反り返るようになることを京介は知っている。

つまり、挿入時にくらべて勢いを失った夫の変化を察知し、気遣ったのだ。

四、五分粘ってみたが、下降線を辿《たど》った京介が持ち直すことはなかった。
「悪い」

消え入るような声で呟き、京介は妻から離れるとベッドの縁に座り、マールボロを手に取った。

ジッポーの上蓋《うわぶた》の跳ね上がる音が、京介の心に寒々と響き渡る。

ワイルドなイメージで売る銘柄の煙草《たばこ》を吸っていることさえ、ひどく不似合いで恥ずかしい気がした。

「どうしたの？」

「いや、別に」

妻の立場になれば凄《すご》く失礼な返答だとわかっていたが、口が裂けても、疲れている、酒が入り過ぎた、などのだめな男の代名詞になっているような言葉は使いたくなかった。

「私、魅力ないかな？」

真知子が明るい調子で言うと、京介の煙草のパッケージに手を伸ばした。

数年前に禁煙していた彼女だったが、ここ最近、ちょくちょく京介の煙草を吸うことが多くなった。

「そんなことないさ」

背を向けたまま、京介は平常心を装《よそお》い言った。

「子供を産んでいないから、同年代の主婦よりは崩れていないと思うの」

「そう思うよ」

合わせたわけではなかった。

真知子は乳房の張りも保っており、腰のラインもしっかりと存在していた。

「じゃあ、どうして？」

「どうしてって言われても……」

「飽きた？」

京介の言葉を遮り、真知子が試すように訊《たず》ねてきた。

「飽きるわけないだろう」

本音を衝《つ》かれて、思わず語気が強まった。

いや、飽きたというのとはちょっと違う。

うまく説明はできないが、そんな単純な問題ではないような気がした。

「昔は、こんなことなかったのに、最近なんか多いよね？」

真知子のさりげないひと言が、京介の胸を抉《えぐ》った。

「しょうがないだろう。体調が優れないときもあるんだから」

京介は不機嫌な口調で言うと、煙草を荒々しく揉《も》み消し、ベッドの中に潜り込んだ。

「怒った？」

「あまり、いい気はしないね。明日は早いから、もう寝るよ」

会話を断ち切るように、真知子に背を向けた。

京介は眼を閉じ、規則正しい寝息を立ててみせた。

2

左手にはコーヒーカップを、右手には誤字、脱字、適切ではない表現をチェックするための赤ペンが握られていた。

新人なのに、首を捻《ひね》る場面も皆無で、かなりまとまりのある文章だった。

ベテラン作家でも、なかなかこの水準に達している者は少ない。

ゲラも半分を過ぎたのに、まだ、一度も朱を入れてなかった。

しかし、京介は、ひどく落ち着いていた。

同じ新人の作品で、もっと文章も荒削りで、ところどころに破綻《はたん》のある物語でも、京介の指先が汗ばみ、クリップが外れるほどの勢いでページを捲《めく》る作品もある。

そう、このゲラには、欠点はないが、そのぶん、熱気も伝わってこなかった。

一編集者の立場で言わせてもらえば、不完全であっても、血湧き肉躍るような荒々しい物語が読みたかった。

ひと言で言えば、この新人……高取達也《たかとりたつや》には、読者を引きつける魅力がなかった。

──辰波君。凄い文才のある新人をみつけたよ。私の弟の息子でね。いやぁ、驚いた。十年にひとりの逸材だよ。とにかく、眼を通してくれたまえ。

一週間前。京介の勤める出版社の社長の渥美《あつみ》から、一枚のフロッピーを手渡された。

──また、始まりましたね。社長の「凄い文才」発言が。

──まったくだ。去年の暮れにも、同じことを言っていたじゃないか？　「十年にひとりの逸材」が何人いるんだよな。

渥美が上機嫌で編集室から出て行くと、副編集長の西井とデスクの野村が呆《あき》れたように顔を見合わせた。

ふたりの言うように、渥美は去年の十二月にも、「十年にひとりの逸材」の原稿を文芸部の編集室に持ち込んできたのだった。

そのときは、渥美の行きつけのスナックのママが書いたものだったのだが、今回とは違い、とても商品として流通に乗せられるようなレベルではなかったのでさすがに断りを入れた。

渥美は、もともとテレビの制作会社に勤めており、兄が持病の糖尿病を悪化させ自宅療養を余儀なくされたことで、急遽《きゅうきょ》、朝日出版の経営を任されることになった。

故《ゆえ》に、もちろん編集作業の経験はなく、本作りに関しては素人《しろうと》そのものだった。

それを、出版社社長という職権を濫用《らんよう》して、自分が近しい者にいい顔をしたいがために刊行を強要する、という、公私混同ぶりが甚だしかった。

この作品に関しては、理由をつけて刊行を先延ばしにするつもりだった。

だが、感想を聞かれたときのために、一応は眼を通しておかなければならない。

本当は、ほかに読んでおきたい作品が山積しているので、この作業はかなりのストレスになっていた。

「できたわよ。ほら、大事な宝物が汚れるから、お仕事は中断して」

京介がゲラを退けると、真知子がスープ皿を置いた。トマトソースをベースにしたミネストローネ風のスープからは強烈な刺激臭が立ち昇ってきた。

「なんだい？　これ」

「ニンニクを丸ごと溶けるまで煮込んである特製スープだから、栄養たっぷりよ」

「おい、朝から勘弁してくれよ」

京介は、不快感を表情に出して言った。

朝は食欲がなく、コーヒー一杯か、若《も》しくは食パン一枚がせいぜいだった。それは、長年連れ添っている妻も当然知っている。が、京介が不快になったのは、それが理由ではない。真知子が、今朝にかぎって特製スープを作ったのがなぜか想像がつくからこそ、恥辱を感じた。

「夏バテしないように、しっかり食事を摂《と》っておいたほうがいいわよ」

「だいたいな、こんなもの食べたらニンニク臭くて人と会えないだろう？」

「男なんだから、そんなこと気にしなくていいじゃない。さ、残してもいいから口だけはつけてよ」

「そんなに、俺に精力をつけさせたいのか？」

椅子《いす》に座った真知子の表情が止まったのを見て、京介は発言を後悔した。

「別に、そんな意味じゃ……」

真知子がテーブルに視線を落として呟《つぶや》くように言った。

キッチンにはレースのカーテン越しに眩《まばゆ》いばかりの朝陽が射《さ》し込んでいるというのに、薄暗くなったような気がした。

「行ってくるよ」

京介はコーヒーを飲み干し、ゲラを手早く鞄《かばん》に詰め込むと逃げるように玄関へ向かった。

「なんだって！　まだ、脱稿してないだと⁉　あと三十分くらいで出来上がると言ってたじゃないか⁉」

京介は、手ぶらで戻ってきた第二文芸部のデスクである野村の報告に声を荒らげた。

「ええ、納得できない箇所があって百枚ほど書き直したいと言い出しまして……」

「お前、なに他人事《ひとごと》みたいに言ってるんだ？　明日までに入稿しないと、十月の刊行に間に合わないことは知ってるだろう？」

机を掌《てのひら》で叩《たた》きながら、京介は野村を問い詰めた。

野村の顔が、みるみる蒼白《そうはく》になった。

十月刊行予定の岡セイジの新作は、朝日出版が社運を賭《か》けた勝負作だった。

岡は、弱冠二十歳で文学界で最高峰の賞と言われる蘭王《らんおう》賞を受賞した、彗星《すいせい》の如《ごと》く現れた天才若手作家である。

デビュー作であり受賞作でもある『砂の馬』は、二百万部を突破する記録的ベストセラーとなった。

冬の時代と呼ばれる現在の出版界では五万部も売れれば大ヒットと言われていることを考えると、この数字がいかに驚異的かがわかる。

彼の新作が話題となっているのは、岡の受賞後初の作品……それも六年振りということがある。

受賞直後には、十社を超える出版社が岡にオファーを出した。

もちろん、朝日出版も名乗りを上げた。

しかし、驚くべきことに、岡は休筆宣言をしたのだった。

理由は、書きたくなるまで書かない、という、とてもシンプルなものだった。

当然、各出版社が黙っているわけがなかった。

休筆宣言をしたにもかかわらず、岡の家には様々な編集者が日参した。

だが、当の岡はと言えば、プロボクシングのライセンス、アメリカでボイストレーニング、フランスにパティシエ留学、サーフィン、乗馬、スノーボードと、次から次へと様々なジャンルへの挑戦を始めた。

岡は、作家にありがちな、色白で不健康そうな、というイメージから懸け離れた、筋骨隆々のスポーツマンタイプの青年だった。

じっさい、ボクシングのプロテストに僅《わず》か四ヵ月で合格し、サーフィンとスノーボードの腕前はプロ級だった。

とはいえ、編集者が見たいのは岡の運動神経のよさではなく、彼の原稿なのだ。

一刻でも早く、天才小説家の出版権を得るために、ある出版社は業界では異例の契約金を提示し、ある出版社は印税の上積み、ある出版社はドラマとのコラボレーションといった、超VIP待遇を餌《えさ》に交渉に当たった。

――書きたくなるまでは、たとえ十億もらってもパソコンには向かいません。あ、ネットサーフィンは別ですよ。

岡は、どれだけの好条件をちらつかされても、新作の執筆開始を懇願する編集者に首を縦に振らなかった。

――二十歳で億を超える印税を手にしたもんだから、金じゃどうにも釣れないな。しかし、あの若さでああも天狗《てんぐ》になっていたら、先はないな。

編集者たちは、思い通りにならないいら立ちもあり、陰で岡を批判した。

岡が金で動かないタイプの男だということには同感だったが、天狗になっているとは思わなかった。

当時、副編集長だった京介も岡セイジ争奪の輪に参戦していた。

だが、後ろ盾の朝日出版は業界でも弱小で、大手出版社のように札束攻勢をかけることはできなかった。

その代わりというわけではなかったが、京介は、有名なケーキ店や甘味喫茶をこまめに探し、頻繁に岡を接待した。

金がないなら知恵を使えということで、京介は部下に命じて岡セイジの情報収集作戦に出たのだ。

その結果、岡が酒を呑《の》めないという情報を得て、ならば、ということで自由が丘のケーキ店に誘ったところ、これが大正解だった。

岡は、大の甘党だったのだ。

京介は原稿の依頼は一切口にせず、ケーキを突っつきティーカップを傾けながら、自分のことについて語った。

幼少時代の話、趣味の釣りの話、仕事の話、夫婦間の話……岡とのコミュニケーシヨンを図るために、京介は己のすべてを晒《さら》した。

高級クラブでの接待、褒め言葉とお世辞のオンパレード、呪文《じゅもん》のように繰り返される原稿依頼。

ほかの編集者の接しかたとは明らかに違う京介に、徐々に岡は心を開き始めた。

――俺、これってものが湧《わ》き上がるまでは、どんなに金を積まれても書きたくないんですよね。

岡とスイーツ屋巡りを始めて三年が経《た》った頃、不意に、彼が執筆について切り出した。

それまで京介は、ただの一度も原稿についての話をしたことがなかった。

――朝日出版で、書いてみようかな。じつは、先月くらいから、新作のアイディアが浮かんだんですよ。

京介は、我が耳を疑った。

待ちに待った言葉なのに、いざ、それを耳にしたら実感が湧かなかったのだ。

――俺が朝日出版で書こうと思った理由ですか？　辰波さんが担当になってくれたら、最高の作品になりそうな気がしたんです。

感無量だった。編集者冥利《みょうり》に尽きるというのは、まさにこのことだ。

この偉業はたとえれば、ドラフト一位のスーパールーキーを、一番低い契約金しか出せない球団が勝ち取ったようなものだ。

――あいつ、いくら積んだんだよ。自宅を売り払って金作ったんじゃないのか？

――辰波の野郎、どんないい女を抱かせたんだろうな？

――初版部数を会社には事後承諾で、五十万部とか約束したんじゃないの？　じゃないと、ありえないよな。

闘いに敗れた編集者たちは、京介を揶揄《やゆ》した。

腹立ちはなかった。むしろ、彼らの気持ちを察した。

争奪戦が始まって三年……あれやこれやで百万単位の金を使っただろう彼らに見向きもせず、奮発してもせいぜいデラックスパフェくらいの京介を選んだのだから、怒り心頭に発するのも無理はない。が、喜びも束《つか》の間《ま》……天才作家の独特の執筆スタイルに、京介は悩まされることになった。

それは、タイトルはおろか、物語の内容も脱稿時期も教えてくれないことだった。

——岡先生。せめて、どのくらい進んでいるのか教えてくれませんか?

朝日出版が岡セイジの出版権を得てから、一年……そして二年が過ぎても、原稿がどの程度進んでいるのかがわからなかった。

打ち合わせの際にそれとなく執筆状況の探りを入れても、順調です、の繰り返しで、現在何枚なのか、あとどのくらいで脱稿できるのかの見通しがまったく立たなかった。

刊行日というものは、原稿が上がったときに、というわけにはいかない。

とくに岡のような初版部数が数万部レベルの目玉商品は、新聞媒体の広告枠を押さえたり、有力雑誌の対談やインタビューの誌面スペースを確保するために、早めに発行元に働きかけたりしなければならない。

新聞広告の掲載料は、日本一の発行部数を誇る大和新聞の全五段と呼ばれる枠で一千万を超える。

今回は朝日出版の社運を賭けた作品なので、社長からはGOサインを貰《もら》ってはいたが、金を出せば必ず好きな月日に広告枠を押さえられるというものではないのだ。

日本では、年間八万点……月に換算すれば六千点を超える書籍が刊行されている。

資金が潤沢な大手出版社は、税金対策なども含めて毎月のように全五段広告を打っており、広告代理店と年間契約を結んでいるのだ。

年間契約を結んだ際の利点は、一回の広告費が割安になるということが挙げられる。

たとえば、朝日出版が一千二百万を出さなければ取れない全五段の枠を七百万で買えるのだ。

ほかには、掲載日の優先権が与えられる。

故《ゆえ》に、朝日出版のようなスポットでしか広告を打てないクライアントは、事前に刊行日に合わせて一番効果的な日を押さえておかなければならないのだった。

一般的に、新刊の新聞広告は、刊行日から一週間以内に打つのが最も理想的と言われている。

書籍は魚などと同じ生物《なまもの》なので、店頭に並べられて日が経つほどに鮮度が落ちるものだ。

刊行一週間後と一ヵ月後では、同じ一千二百万を投じても売り上げが倍以上は違ってくる。

出版権の確約を貰ったときが天国であれば、その後の二年間はまさに地獄の日々だった。

もしかしたら、ほとんど筆が進んでいないのではないか？

気が変わって、ほかの出版社と水面下で手を結んでいるのではないか？

危惧《きぐ》と懸念《けねん》に頭を支配され、眠れぬ日々が続いた。

出版権を得たと言っても、刊行されたときに初めて契約を交わすのであって、それまでは口約束なのだ。

つまり、原稿を受け取るまでは、岡がほかの出版社に鞍《くら》替えしても法的になにも問題はないのだ。

もっとも、それをやってしまえば編集者との関係に罅《ひび》が入りその出版社と以後つき合えなくなるので、そういうケースは滅多にない。

だが、滅多になくても、可能性がゼロでないかぎり、安心はできなかった。

なんといっても、デビュー作二百三十万部の蘭王賞作家の新作原稿がかかっているのだ。

――岡先生。そろそろ、脱稿時期を教えてほしいんですが……。何枚くらい進んでいるのか、教えてもらえませんか？

出版権を得て三年目……ついに堪忍《かんにん》袋の緒が切れた京介は原稿の催促をした。

――ああ、来月には上がりますよ。

予期していなかった返答に、京介は携帯電話を耳に当てたまま思わず自分の頰を抓《つね》ってみた。

その電話から、今日がちょうど一ヵ月目だった。

京介自らが原稿を受け取りに行きたいところだったが、運の悪いことに部数会議が重なってしまい、仕方なく野村を岡の自宅マンションに向かわせたのだった。

「本当にすみません……」

野村が力なく頭《こうべ》を垂れた。

「すみませんじゃすまないんだよ。今日は何月何日だ？」

「八月十日です」

「一冊の本を作るのに、どれくらいの期間が必要だ？」

「そうですね……原稿の推敲《すいこう》と印刷作業だけなら、猛スピードで追い込んで一ヵ月ってところですかね」

脱稿してからの作業工程は、原稿を読むことから始まり、入稿……つまり、印刷所に原稿を入れてゲラにする。

上がってきたゲラを編集者と作者で読み返し、誤字脱字のチェック、それから、文章の見直しに取りかかる。

これを推敲という。

野村の言った推敲と印刷作業だけなら、というのはここまでの話で、それだけならば一ヵ月あれば充分だ。

しかし、本には活字以外にも、装丁のデザインや帯の推薦文などが必要になってくる。

イラストレーターやデザイナーの手配、タレント、文化人、書店員などへの推薦文の依頼……とてもではないが、一ヵ月では終わらない。

「岡セイジが、新作でどういう内容を書いているのかさえ知らされていないんだぞ？　装丁だって、推薦だって、これから取りかからなければならない。一ヵ月なんてとてもじゃないが無理だ。やっつけ仕事なら別だが、最低でも二ヵ月はかかる。もう何年も編集やってるんだから、そのくらいわかるだろう⁉」

八つ当たりだということはわかっていた。いくら野村を責めてもどうにもならないこともわかっていた。

担当編集者として、自分の詰めかたが甘かった。

部署の長としての忙しさにかまけて、岡への接触を野村に任せていた自分が甘かった。

ひとつだけ言えることは、ここで野村とどれだけ顔をつき合わせていようとも、状況は進展しないということだ。

「原稿を貰ってくる」

京介は、携帯電話と財布を手に取り、デスクチェアから腰を上げた。

「でも、書き直しが百枚もあるんですよ？」

「原稿を手にするまでは、何日でも部屋に泊まり込んでやるさ」

京介は野村に言い残し、フロアを飛び出した。

3

港区西麻布。ベージュ色した煉瓦《れんが》造りのマンションの駐車場には、高級外車が連なって停められていた。

デビュー前の岡は、横浜の実家に住んでいた。

莫大《ばくだい》な印税を手にしたことで高級マンションに引っ越しただろうことは想像に難くない。

ちょっとしたホテル並みのエントランスに踏み入った京介は、オートロックのガラス扉の前で歩を止めると、小さく息を吸い込んだ。

十月五日の刊行を実現するには二ヵ月かかると言ったが、かなりの進行速度で編集作業に当たれば一ヵ月半でできないこともない。

つまり、八月二十日までに原稿を手にできれば、十月五日にギリギリ間に合うという計算だ。

八月二十日まで、あと十日。百枚の書き直しを日割りすれば十枚ペース。

決して、無理な作業ではない。

野村に言ったとおりに岡が脱稿するまで、マンションの前に車を駐《と》めて寝泊まりするつもりだった。

さすがの岡も、そこまでやられれば執筆ペースを上げざるを得ない。

金の卵、文壇の至宝。岡が計り知れない才能の持ち主であることは疑いようのない事実だが、あまりにも特別扱いをし過ぎた。

いくら天才作家であろうとも、デビューしたばかりの新人なのだ。

三年もの間、物語のテーマも極秘で脱稿予定日も告げないという常軌を逸したわがままを許した自分にも責任があった。

力士さながらに頬を両手で叩《たた》き、京介はインターホンを押した。

『はい』

束の間の沈黙のあと、気怠《けだる》げな岡の声が流れてきた。

「突然にお邪魔して申し訳ございません。朝日出版の辰波です」

『どうぞ』

インターホンでのやり取りの段階で、かなりの押し問答を覚悟していた京介は、岡のあっさりとした対応に肩透かしを食らったような気分になった。

モーター音に続いて、オートロックのドアが開いた。

「さあ、決戦だ」

京介は己を鼓舞するように、エレベーターに乗り込んだ。


九〇一号室。インターホンに指を伸ばそうとしたときに、ドアが開いた。

「岡先生……」

てっきり岡が出迎えると思っていた京介は、目の前に現れた若い女性に戸惑い、言葉を呑《の》み込んだ。

「あ、私……朝日出版の辰波と申しますが、岡先生はいらっしゃいますでしょうか？」

京介が堅くなっているのは、ひとり暮らしだった岡の部屋に女性がいたことに対しての動揺もあったが、それだけが理由ではなかった。

年の頃は二十四、五。白いワンピースに黒髪のロングヘア。黒目がちな瞳《ひとみ》にすっと通った鼻筋。折れそうに華奢《きゃしゃ》な躰《からだ》と不釣り合いな胸の隆起。

鼓動が激しく胸壁を叩き始め、顔面の毛細血管が怒張した。

女性の美しさに、さながらアイドルと握手をするファンのように、京介は年甲斐《がい》もなく緊張していた。

「岡はすぐに参りますので、お上がりください」

女性が、京介に上がるよう促した。

「失礼します」

この女性は、岡の恋人なのか？　同棲《どうせい》を始めたのだろうか？

京介は、前を歩く女性の悩ましい後ろ姿を見ながら、あれやこれやと思考を巡らせた。

正直、京介の思考の天秤《てんびん》は、岡の原稿のことよりも女性の存在のほうに傾いていた。

「こちらへ、どうぞ」

通されたのは、八畳ほどのフローリングの洋間だった。

「私、岡の秘書をやっております川島と申します」

女性が、名刺を差し出した。

岡事務所　秘書　川島澪香

澪香《れいか》の名前を頭に刻み込みながら、京介も名刺を差し出した。

「いま、なにかお飲み物をお持ちしますので、お座りになってお待ちください」

京介は勧められるがまま、レモンイエローの応接ソファに腰を下ろした。

言葉遣いといい、物腰といい、澪香には上品ななまめかしさがあった。

「コーヒーと紅茶、どちらをお持ちしましょう?」

少し前屈み気味になった澪香が、右の耳あたりに垂れ落ちてくる髪の毛を指先で掻《か》き上げた仕草に反応した京介は、彼女にバレないようにさりげなく鞄《かばん》を膝《ひざ》上に載せた。

悟られないように無表情を作る京介だったが、鞄を浮かすほど変化した自身に、内心、驚いていた。

胸の谷間やスカートの奥を眼にしたのならばまだ頷《うなず》けるが、澪香はただ髪を掻き上げただけなのに、反応した事実が驚愕《きょうがく》に拍車をかけた。

「あ、じゃあ、コーヒー……いや、紅茶……ごめんなさい、やっぱり、コーヒーをお願いします」

ころころと言うことを変える京介に、澪香が唇に手を当てクスリと笑った。

それを見て、京介自身は痛いほどに硬度を増した。

「少々、お待ち下さい」

澪香が部屋を出て行くと、京介は鞄の下に手を差し入れ、変化したものをそっと握った。

　ここ数年、ちょっと記憶にないほどの猛々《たけだけ》しさだった。

　ノックの音に、慌《あわ》てて京介は股間《こかん》から手を離した。

「突然、どうしたんですか？」

　入ってきたのは、岡だった。

　白のナイキのスエットが、長身でよく灼《や》けた肌に似合っていた。

「野村から、原稿の直しが百枚ほどあるので脱稿できないと聞いたもので……」

「ああ、そのことですか。たしかに、そのとおりです」

　少しも悪びれたふうもなく、岡が京介の正面に腰を下ろしスラリと長い足を組んだ。

「前にお約束したとおり、岡先生の新作はウチの社の目玉なので、あと三日のうちに原稿を頂かないと十月五日の刊行日に間に合わないんですよ」

　京介は、敢《あ》えて七日のクッションを挟んだ。

　作家は、口に出した締め切りギリギリに間に合えばいいという考えの持ち主が多い。馬鹿《ばか》正直に十日間は余裕があるなどと言ったなら、最短で十日後の脱稿になり、へたをすれば、それをオーバーする可能性があった。

　三日はきついと言い出してくるだろう岡に対して、苦悶《くもん》の表情で考えたふりをした末に、じゃあ、なんとか五日間まで延ばしましょう、と恩を着せれば、それでも二、三日遅れたとしても十日以内に原稿を手にできる、という算段だ。

ノックの音に続き、澪香がコーヒーカップを載せたトレイを手に現れた。

斜め向きに腰を屈《かが》めて岡と自分の前にコーヒーカップを置く澪香の、スカートから伸びる太腿《ふともも》に、正常になりかけていた京介自身がふたたび反応して鞄を押し上げた。

岡は、澪香と男女の関係なのだろうか？

この清楚《せいそ》で品のある、それでいながら淫《みだ》らな肉体を貪《むさぼ》っているのだろうか？

「辰波さん。三日はきついですね。せめて、もう少し時間をください」

予想通り、岡が締め切り延長の交渉に出てきた。

そして予定通りに、京介は腕を組み眼を閉じると、眉間《みけん》に縦皺《たてじわ》を刻み苦渋の表情を作ってみせた。

胸の中で二十を数え終わった頃、京介は眼を開けた。

「じゃあ、なんとか五日……」

「半年、延ばしてください」

岡が、京介の言葉を遮り、言った。

「なっ……半年だって⁉︎　そんなの、無理に決まってるじゃないですか！」

京介は、コーヒーカップに伸ばしかけた手を止め、裏返った声で叫んだ。

「無理なら、ほかの出版社に話を持って行くまでです。じゃあ、僕はこれからジムに行くので、あとは彼女と話してください」

一方的に言い残すと、岡は席を立ちドアへと向かった。

脱力感にとらえられた京介は、光を失った虚《うつ》ろな瞳で岡の背中を見送るしかできない無力な自分を呪《のろ》った。

だが、若き天才作家の傍若無人な振る舞いが引き金となり、思わぬところで「雄」の本能が目覚めることになるとは、このときの京介は知る由《よし》もなかった。


「本当に、すみませんでした」

澪香が、言葉通りに本当に申し訳なさそうに頭を下げた。

「いや、正直、頭がパニックになっています」

京介は、当てつけでもなんでもなく、本音を口にした。

逆を言えば、秘書に当てつけを言うほどの精神的余裕さえなかった。

「そうですよね。辰波さんの気持ち、よくわかります。あの人、いつもああなんです」

澪香が、しみじみとした口調で言った。

あの人、という澪香の言い回しが気になり、京介は疑問を宿した瞳を彼女に向けた。

「私、彼とつき合っているんです」

「え？　彼って、岡先生のことですか？」

京介は、咄嗟《とっさ》に訊《たず》ね返していた。

もしかしたら、とは思っていたが、秘書という立場で担当編集者と会っている女性の口からそんな言葉が出たのは驚きだった。

吸い込まれそうな黒目がちの瞳で京介を見つめつつ、澪香が頷いた。

「彼とは昨年、職場で知り合って……私、その頃ダンスのインストラクターをやってて、セイジさんは体験入学をしていたんです」

好奇心旺盛《おうせい》で行動派の岡が、ダンススクールに通っていてもなんら不思議ではなかった。

また、澪香がインストラクターをやっていたというのも納得だった。

洋服越しにも、彼女が引き締まったボディラインの持ち主だということは窺《うかが》えた。

ワンピースの胸もとを盛り上げる形のよい質感たっぷりの膨らみを岡は……。

京介は、こんな状況のときに卑猥《ひわい》な妄想をする自分を戒めた。

「子供みたいに無邪気にレッスンを受ける彼が、有名作家さんだと聞いたときは驚きました。だって、私の中での作家さんは、和服姿のおじいちゃんとか、なよなよした色白の男の人ってイメージがありましたから。でも、セイジさんは色黒で筋肉質で、最初は、体育会系の人かな、って思ったんです。じっさい、ボクシングやスキューバダイビングのライセンスも持っていたし、なにより、あの若さで作家さんだなんて……。そのギャップに、惹《ひ》かれたんでしょうね。私は、次第に、彼のレッスン日を心待ちにするようになったんです」

出会いを回想し、ほんのりと頰を朱に染める澪香に不快さを覚えている自分が……彼女の心を摑《つか》んだ岡に、嫉妬《しっと》している自分がいた。

同時に京介は、娘と言ってもいいような年の離れた女性に対し、僅《わず》かでも感情を乱されている自分自身を蔑《さげす》んだ。

「それで、先生とつき合うことになったんですね？」

いまに始まったことではないが、倍近くも年の離れている青年を「先生」と呼ぶことに、京介はいつも以上に激しい違和感と抵抗を覚えた。

商売になる原稿をくれる作家は、たとえ学生であっても元薬物中毒者であっても

「先生」なのだ。

文芸編集者の哀しい性《さが》で、売れている作家には、媚《こ》びという名の気遣いを行き届かせ、「先生」に気持ちよく仕事をしてもらうのが務めだった。

カラオケや酒が苦手であっても「先生」が行こうとなればお供し、その歌が聴くに堪えないものでも褒め、呑めない酒に口をつけるのも担当編集者の重要な仕事の一環なのだ。

作家から回収した原稿を製本するだけならば、それは編集者ではなく印刷業者だ。

作家を乗せて、一日でもはやく素晴らしい作品を書いてもらうために自分を殺し、耐え忍ぶ生き物が編集者である。

もちろん、つらいことばかりではない。

打ち合わせと称して普通のサラリーマンでは行けないような高級クラブにも頻繁に行けるし、取材旅行で作家とともに海外に行くことも稀《まれ》ではない。

連絡を会社に一本入れておけば出勤は夕方になっても構わないし、半日をパチンコ店や場外馬券場で費やしていても干渉されない。

対談と称し、著名な経済人や芸能人にも会える。

結果さえ出していれば、誰にも文句は言われないのだ。

まさに極楽な職業のように思えるが、現実はそう甘くはない。

その結果というのが、そう簡単に出せるものではないのだ。

ベストセラーと呼ばれる小説を世に送り出すのは、十本手がけて一本あるかどうか……つまり、一割にも満たない。

野球で一割打者と言えば間違いなく二軍行きになるが、出版界では一割の率でヒットを打てば、敏腕編集者の称号を手にできる。

それほど、この世界で結果を出すのは難しいのだった。

芸能人や著名な経済人と会えると言っても、常に作家が一緒である。

たとえ憧《あこが》れの女優であろうが、編集者が立てなければならないのはあくまで作家だ。

ミーハー気分で女優に媚びを売って作家をないがしろにしようものなら、最悪、担当替え、ということもありうるのだ。

「ええ。ただ、いまでは、彼とこういう関係になってしまったことを少しだけ後悔しています」

澪香が、百合《ゆり》の花を思わせる慎ましく、それでいて気高く美しい顔を微《かす》かに曇らせた。

「どうしてです？」

いったい、なにを訊《き》いている？

いまはそんなことより、原稿を手にする策を練るのが先決だろう？

「九十九パーセント完璧《かんぺき》に物事をこなす人なんですけど、一パーセントが不完全なんです」

「先生を庇《かば》うわけじゃないですけど、不完全がたったの一パーセントならたいしたものだと思いますよ。私なんか、九十九パーセントが不完全ですからね」

京介は、ウィットに富んだジョークを言ったつもりだったが、澪香はにこりともしなかった。

「その一パーセントが、友達感覚にしかなれない部分だとしたら？」

「え？」

澪香の言っている言葉の意味がわからず、京介は首を傾《かし》げ気味にして目線で訴えた。

「セイジさんは、人を真剣に愛することができないんです。心に踏み込んでこようともしないし、逆に、踏み込ませようともしない。浅く広くは完璧にこなせても、深いつき合いは無理なんです」

眼を伏せる澪香。長い睫《まつげ》が瞳《ひとみ》を覆《おお》った。

彼女の言わんとしていることは、岡を見ているとなんとなくわかった。

岡は、よくも悪くも自由人だ。なによりも、束縛を嫌うタイプに見える。ひとりの女性だけのために生きる人生は、彼には送れないだろう。

思わず緩みそうになる頰を、京介は引き締めた。

知らず知らずのうちに、心を弾ませていることに気づき、京介は慌てて自らを戒めた。

澪香が岡に失望しようと、自分には関係のないことなのだ。

「まあ、岡先生もまだお若いから、エネルギーが有り余り過ぎていろんなことにチャレンジしてみたいんじゃないんですか？　そのうち、年齢を重ねればいやでも落ち着きますよ」

岡は、当たり障《さわ》りのない物言いでお茶を濁した。

へたなことを言って、岡の耳にでも入ったら大変なことになってしまうからだ。

「出版社の方って、やっぱり、作家を庇うものなんですね」

澪香の棘《とげ》を含んだ言葉が、京介の胸をチクリと刺した。

「いいえ、そんな意味で言ったんじゃないんですよ。私も若い頃は、ずいぶんと無茶をやりましたもので」

否定はしたものの、澪香の指摘は当たっていた。

作家の悪評を耳にしても、編集者は決して本人には伝えない。

余計な気を遣わせて、いい作品を書けなくなったら困るからだった。

ましてや、作家の恋人から出た愚痴を、本人に伝えられるわけがなかった。

そんなことをすれば、その愚痴の聞き役になっていたということで、自分にまで怒りが及ぶ恐れがあった。

「辰波さんが？　意外です」

澪香が、ただでさえ印象的な大きな眼を見開き首を横に倒した。眩《まぶ》しいほどのうなじの白さに、京介は軽い眩暈《めまい》を覚えた。

「そうですか？」

「そうですよ。だって、無茶をやるような人には見えませんから。あ、もちろん、いい意味でですよ」

顔前で慌《あわ》てて手を振る仕草に、見かけの落ち着きとは違う若さが窺え、そのアンバランスさがまた魅力的だった。

「澪香さんに映っている私って、どんな印象ですか？」

京介は、今日の自分が部下ならば、確実にクビにしたことだろう。いや、こんなふざけた編集者は面接の段階で用なしだ。

三年がかりで権利を取った話題作の刊行が半年先延ばしにされそうになっていると
いうのに……まったく、話にもならない。
頭ではわかっているのだが、京介の胸奥《なか》で感情のままに自己主張する強烈なエネル
ギーをコントロールできなかった。
二十代の青二才でもあるまいし……。
京介は、己を嘲笑《ちょうしょう》した。
その反面、消滅したのかもしれないと半ば諦《あきら》めかけていた「雄」の存在を認識でき
たということに心弾ませている自分がいた。
「え……私から見た辰波さんの印象ですか？」
突然の京介の質問に、澪香が戸惑いの表情を見せた。
瞬《まばた》きの回数が多くなり、耳朶《みみたぶ》の裏側から首筋にかけて朱が広がった。
そんな澪香の初々《ういうい》しさに、彼女を壊れるほどに抱き締めたい、という衝動に京介は
襲われた。
「失礼があったら、ごめんなさい。羊の皮を被《かぶ》った狼《おおかみ》、という感じがします」
「ええ？　僕が羊の皮を被った狼⁉」
京介は、大袈裟《おおげさ》ではなく本当に驚き訊ね返した。

それまでに、誰かにそんなふうに言われたことがなかったのだ。羊の皮を被った……ということは、澪香の眼には柔和な性格の男に映っているに違いない。

京介は喜怒哀楽が激しく、狼とは言わないまでも、少なくとも羊にたとえられることはなかった。

「どうしてです？」

「はい。最初に、名刺交換をさせて頂いたときから、そう思ってました」

京介は、思わず身を乗り出していた。

自分のなにが、彼女にそう思わせたのだろうか？

心の奥底に抱いた澪香への好奇心を、察知されてしまったのだろうか？

羞恥《しゅうち》が、鼓動を高鳴らせた。

「一本の細い鎖で繋《つな》がれている獣のような……セイジさんなら、きっと、そう表現すると思います」

「細い鎖で繋がれている獣？」

ふたたび、京介は繰り返しながらも、なんとなく、澪香の言わんとしていることがわかったような気がした。

「もともとは、熱いものを持っている方なんだけど、編集者さんという立場が、それをセーブさせているような……そんな感じがするんです」

澪香は、言葉を選びつつ、京介の「分析結果」を口にした。

京介を気遣いながらの喋《しゃべ》りかたが、また愛らしかった。

たしかに、彼女の言うとおりなのかもしれなかった。

一編集者の時代は、納得できないことがあれば上司であれなんであれ、恐れることなく噛《か》みついた。

副編集長の頃には、やっつけ仕事をしている部下に鉄拳《てっけん》制裁も辞さなかった。

とにかく、曲がったことがきらいで、駆け引きができないまっすぐな性格だった。

それでも編集長になってからは、正義感だけでは渡っていけないことを痛感し、自我を殺すようになった。

いまでもたまに雷を落とすこともあるが、それでも、以前に比べればずいぶんと丸くなったと言える。

たまに落とす雷というのも、昔の自分を彷彿《ほうふつ》とさせる正義を貫こうとする者に対してだから皮肉なものだった。

「どこで、それを感じたんです？」

「眼をみたときです」

「眼？」

「はい。眼力《めぢから》が凄《すご》く強くて……」

換言すれば、眼がギラツいているとも言えないだろうか？

真知子との倦怠《けんたい》感で錆《さ》びついていた雄の本能が、澪香と接することで刺激されたと言えるのかもしれない。

「強くて？」

京介は、平静を装《よそお》って澪香の言葉の続きを促した。

「正直、ドキドキしちゃいました」

いまの京介は、車庫に放置されていた車が数年振りにアイドリングされたときのような……たとえるならばそんな気分だった。

躰《からだ》の隅々の細胞にまで新鮮な酸素が送りこまれたように、京介は活性化してゆく自分を感じていた。

知らず知らずのうちに、澱《よど》んだ生活を送っていたのかもしれない。水溜《た》まりが濁ってゆくのは流れがないから……そのうち、干《ひ》涸《から》び、罅《ひび》割れた地面が顔を覗《のぞ》かせる。

夫婦という究極の平穏なる愛……刺激のない日々の積み重ねが、京介の牙《きば》を徐々に退化させていた。

「僕みたいなおじさんに、君のような若くて素敵な女性が嘘《うそ》でもそんなことを言ってくれるのは嬉《うれ》しいよ」

敬語を使わなくなったぶんだけ、澪香の魅力に抗《あらが》えなくなっている自分がいた。

「私のほうこそ、若いだけで、素敵だなんて、そんな……。じつは、私、ファザコンなんですよ」

澪香が、上目遣いに京介を見つめながら言った。

「ファザコン？」

京介の胸が、期待の鼓動《リズム》に刻まれた。

「私、五歳の頃に父を交通事故で失ったんです。だから、ほとんど父との思い出がなくて……。そのせいか、年上の男性への憧れがあるんですよ」

岡は、そんなに年上じゃないではないか？

心で、毒づいている自分がいた。

「へぇ、それは、僕みたいな中年族には光栄な話だな」

言いながら、京介は自己嫌悪《けんお》と同時に、焦燥感に苛《さいな》まれた。十月五日の刊行が無理ならば、年初めの第一弾には間に合うように、年内に完成原稿を受け取れるよう交渉しなければならない。

自分はそのためにこの場で岡の秘書である澪香と話しているのであって、鼻の下を伸ばして思わせぶりなアピールをしている場合ではない。

社を挙げての目玉作品の刊行延期というだけでも部下に対して示しがつかなくなり、上司には申し訳が立たないのに、そのうえ脱稿を半年も先延ばしにされてしまったなら……考えただけで、ぞっとした。

「ところで話は変わりますが、岡先生の原稿の件なんですけど……」

京介は、ふたたび敬語に戻し、澪香とは編集者と作家秘書の関係であると己に言い聞かせた。

「あ、そうでしたね。私ったら、なにを言ってるんだろう……」

澪香が自分の頭を軽く叩《たた》き、自嘲的な笑みを浮かべた。

「正直、先生の作品は当社の十月の目玉だったので、非常に困っているんです。半年も脱稿が延びるというのは、どういうことなんですか？」

「ええ、書き進めていたストーリーがどうしても納得できないらしくて、それで、それまでに保存していたフロッピーを燃やしちゃいまして……」

「燃やした⁉　いままで書いたものを全部ですか？」

京介は、素《す》っ頓狂《とんきょう》な声で訊《たず》ねた。

まさか、という思いと、彼ならあり得る、という思いが交錯した。澪香が、申し訳なさそうに頷《うなず》いた。

「止めたんですけど、一度言い出したら聞かない人なので」

「それは、本当に困りましたね……」

京介は、取り出した煙草《たばこ》に火をつけ、紫煙とともに深く長いため息を吐《つ》いた。

岡の新作は、かなりの長編になると聞いていた。

デビュー作が三百八十枚だったので、少なく見ても五百枚は超えてくるだろう。

それだけの物語を書くには、二、三ヵ月ではきつい。

やはり、岡が言うように、半年は必要だ。

京介の青褪《あおざ》めた脳裏に、局長や部下の顔が浮かんだ。

「あの、十月は無理だとしても、年内にはどうしても脱稿して頂きたいんです。ウチでは、毎年一月には強力なラインナップを揃《そろ》えて勝負しています。岡先生の作品なら、その強力なラインナップの中でも充分にメインを張ることができます」

「なんとかしたいのは山々なんですけど、書くのは先生ですし……」

場の空気を読んだ澪香も、セイジさんから先生と呼びかたを変えていた。

「お願いします。岡先生と特別な関係、いや……なんて言いますか、ただの秘書以上の信頼を受けている澪香さんなら、なにかいい方法を知っているんではないかと思うんです」

京介は、言葉を選びながら澪香に懇願した。

「辰波さんも協力してくださるなら、ひとつだけ、思い当たる方法があります。けれど、ご負担になることなんです」

「なんです⁉ 言ってくださいっ。年内脱稿のためなら、負担のひとつやふたつ、どうってことはありませんよ」

興奮して身を乗り出す京介の姿は、まるで、散歩に連れて行ってもらえる直前の犬のようだった。

「週に四日、いいえ、三日でもいいんですけど、夜にここへ来てもらえませんか？」

「夜に、岡先生のご自宅へ？」

京介は、瞳《ひとみ》に疑問の色を宿しつつ訊ねた。

「はい。先生は、ああ見えて、妙に気の小さいところがあるんです。だから、週に何日も辰波さんがいらっしゃれば、原稿のペースを上げざるを得なくなると思うんです」

「うーん、そんなにうまくいきますかね？」

勝手気ままな岡の姿をいやというほど眼にしてきた京介には、澪香の言葉を鵜呑《うの》みにすることはできなかった。

「先生の振る舞いを見ていれば、そう思われるのも仕方がないですね。以前に、こういうことがあったらしいんです。先生が教習所に通っていたときの話ですけど、教官と反りが合わなくて、行かなくなったそうなんです。でも、その教官が熱血というかなんというか……自宅まで迎えに来るようになって、それで結局、先生はふたたび通い始めたと言ってました」

意外だった。

京介の知っている岡なら、反りの合わない相手に家まで押しかけられたなら追い返しそうなものだった。

しかし……よくよく考えてみれば、新作争奪戦の際に、その教官のような強引な編集者はいなかった。

もし、もっと強硬に迫る編集者がいたなら、京介の手に出版権は渡らなかったのかもしれない。

ボクシングで攻撃的なブルファイターが打たれ弱く、ディベートの達人が逆にやり込められるとしどろもどろになるというのはよくある話だ。

澪香の言うように、岡は受け身に回ると案外、弱いタイプなのかもしれない。

それに、ついこないだまで大学生だった若造に、いいように振り回されてばかりではいられない。

ここはひとつ、編集長としての威厳を見せておく必要がある。

「わかりました。いまは、藁《わら》にも縋《すが》る思いですから、澪香さんのアイディアに乗ります。共同作戦と行きましょう」

澪香の子供のような無邪気な笑みに釣られ、京介の頬も緩んだ。

シナリオ通りに、そう事がうまく運ぶとはかぎらない。

通い詰めても、岡の筆が進まない可能性は充分に考えられる。

しかし、週に何度も彼女と会えるだけで、実行する価値はあった。

4

「お帰りなさい」

玄関に入ると、真知子が笑顔で出迎えた。

その笑顔が、京介の胸を疼《うず》かせた。

まるで、浮気したとでもいうように……。

「ただいま。いやいや、疲れたよ」

京介は、疚《やま》しさを隠すように必要以上に疲弊した顔を作り、鞄《かばん》を真知子に渡した。

「ご飯を先にする？」

「いや、食べてきたから……ビールを貰《もら》おうかな」

仕事を終えたあと、局長の篠山《しのやま》を誘って行きつけの中華料理屋に行った。

岡の新作の刊行が、十月に間に合わないことを告げるためだった。

——なんだと⁉ それは、いったい、どういうことなんだ！ 岡セイジの新作のために、ほかの作家の作品を来年回しにしたんだぞ⁉

予想したとおり、篠山はヒステリックに喚《わめ》き散らした。

だが、京介は、不思議と落ち込むことはなかった。

たしかに、十月刊行が延期になったのはショックだった。

しかし、延期になったことでできた愉《たの》しみもある。

透き通る白い肌、吸い込まれるような黒目がちな瞳……脳裏に蘇《よみがえ》った澪香の面影が、京介の頰の筋肉を弛緩《しかん》させた。

——私、ファザコンなんです。

「まあ、思い出し笑いなんかして、どうしたの？」

「あ、いや、局長の失敗を思い出してね」

ダイニングテーブルに座り真知子の酌を受けていた京介は、思わず出任せを口にした。

「篠山さんの失敗？　聞きたい聞きたい、教えて」

真知子が、自分のグラスにビールを注ぎながら興味津々《しんしん》の顔で訊ねてきた。

「え？　ああ……でも、上司の失敗を酒の肴《さかな》にするのは、ちょっとな」

京介は、心にもないことを口にし、時間稼ぎをした。

じっさいは、篠山の失敗話はでたらめなので、教えてと言われても話せるわけがなかったのだ。

かといって、まさか、担当作家の秘書と今後も会えることに胸を高鳴らせていたとも言えない。

「夫婦なんだから、いいじゃない？」

「しょうがないな。今日、中華料理屋で飯食っているときに、局長が北京《ペキン》ダックを注文しようとして、北京原人って言ったんだよ」

「北京原人⁉」

しばしの間、眼を丸くしていた真知子が、腹を抱えて笑い出した。ほかの女性のことを考えていたのをごまかすために作り話をしたとは夢にも思わず目尻《めじり》に涙を浮かべる真知子の姿に、京介の胸は罪悪感に軋《きし》みを上げた。

「あー、おかしかった。こんなにお腹《なか》の底から笑ったのって、ひさしぶり」

涙目で言う真知子の小鼻は、笑いの残滓《ざんし》にヒクついていた。

京介は、そんな妻から視線を逸《そ》らし、ビールをひと息に呷《あお》った。

「ねぇ、今週の日曜日なんだけど……」

真知子が、言いづらそうに言葉を濁し俯《うつむ》いた。

「どうした？」

京介は、真知子に視線を戻して訊ねた。

「やっぱり、いいわ」

「なんだ、気持ち悪いな。そこまで口にしたら、最後まで言えよ」

「篠山の失敗話」から離れるために、京介は続きを促した。

「じゃあ、言うけどさ……」

そう言いながらも、真知子はまだ躊躇《ためら》っていた。

「もったいつけてないで……」

「ラブホテルに行かない？」

真知子の頬は、生娘のように朱に染まっていた。

「え……？」

京介は、真知子の話の続きを促したことを後悔した。

「長く夫婦をやってると、ほら、刺激がね……」

言葉を濁した真知子の頬の赤みが、さらに濃さを増したようだった。

「だからって、ラブホテルっていうのはな」

「新婚の頃は、よく行ったじゃない？」

「十代や二十代じゃあるまいし、この年になって恥ずかしいんじゃないか？」

「あら、昔と違っていまは平均寿命が延びてるんだから、四十代なんてまだまだ若いんだし、ちっとも恥ずかしくないわよ」

言われなくても、わかっていた。

ラブホテルで不倫相手と逢瀬《おうせ》を重ねている同年代の男を、京介は何人も知っている。問題なのは、一緒に行く相手が十数年も連れ添った妻だということなのだ。

困惑していた京介の脳裏に、グッドアイディアが閃《ひらめ》いた。

「あ、そうそう、日曜日は深夜まで仕事なんだ」

京介は、平静を装《よそお》い煙草をくわえて言った。

「日曜日なのに？」

真知子が、不服そうに顔を曇らせた。

「そうなんだよ。岡セイジ、知ってるだろう？　本当は今日が脱稿日だったんだけど、締切りを半年間延ばしてくれと言ってきたんだ。信じられるか？　最悪でも年内に脱稿してもらわなきゃ、俺の面目は丸潰《つぶ》れだ。だから、週に三、四回のペースで、原稿の催促に行くことになったんだ」

すべては本当のことであり、なにひとつ嘘《うそ》は吐《つ》いていない。

澪香と会うのを愉しみにしているという感情を言ってないことが京介の良心を刺激したが、別につき合っているわけではないし、いちいち報告するほうが不自然だ。

「だけど、日曜日に行くことないじゃない。ほかの日に変えることはできないの？」

真知子は執拗《しつよう》だった。

それが、京介をいら立たせた。

「編集者は、ある意味借金取りと同じだ。原稿を回収するためには日曜だなんだって言ってられない商売だ」

そう言ってはいるものの、もし、澪香に誘われたなら……。

血液が下半身の局部に集中したようになり、股間《こかん》がスラックスを突き破らんばかりに猛々《たけだけ》しく盛り上がった。

もし、と考えただけだというのに……京介は、二十年は遡《さかのぼ》ったような己の肉体の変化に驚いた。

「わかったわ。じゃあ、また、今度ね」

真知子が、残念そうな顔で小さく顎を引いた。

この場はなんとか乗り切れたが、次にまた、誘われたときのことを考えるとそれだけで気が滅入ってきた。

真知子と行くラブホテルは、京介にとっては拷問《ごうもん》以外のなにものでもなかった。

「ああ、また今度な」

気のない返事を返しながら、京介は、妖《あや》しげなライトに染まるシーツの上で澪香を組み伏せる己の姿を想像していた。

5

九〇一号室。胸の高鳴りを抑えつつ、京介はインターホンに指を伸ばした。

指先がスイッチに触れる前に開くドア……この前と同じシチュエーション。

この前と違うのは、京介を出迎えたのが澪香ではなく岡だということだった。

「先生、お疲れ様です」

「うわぁ、参ったな」

逞《たくま》しく筋肉が隆起する胸もとが大きくはだけた開襟《かいきん》シャツ、褐色に灼《や》けた肌に光るクロスとドクロが連なったペンダント、左腕に光るシルバーのチェーンブレス……およそ作家とは思えない、どちらかと言えばサッカー選手といっても通用しそうな容姿の岡が、大袈裟《おおげさ》に頭を抱えてみせた。

高校生が受賞することもある文壇では、二十六歳という年齢自体はそう珍しいものではない。

だが、年が若くても、岡のように洗練されたビジュアルの作家は皆無と言ってもいい。

ほかの作家は、お洒落《しゃれ》をしても、どこか無理があるというか、たとえれば、真面目《まじめ》な学生時代を送っていた俳優が、ドラマで不良の生徒を演じるときの違和感に似ていた。

きつい言いかたをすれば、作家は、物を書いてなければ、ただの垢《あか》抜けない青年、もしくはただのおっさん、という表現がしっくりくるタイプがほとんどだ。

常日頃から作家の我《わ》が儘《まま》気儘に振り回されて無理難題を押しつけられることの多い編集者の中には、内心、お前なんて売れなくなったらただの……というふうに毒づいている輩《やから》も多い。

しかし、岡の場合は、文才はもちろんのこと、ルックス、ファッションセンス、話術、運動神経……どれを取っても一般人の平均値を大きく上回っており、心で毒づこうにも、マイナスポイントがないというのが現実だ。

京介は、六年前に岡と初めて会ったときから羨望《せんぼう》の念を抱いていたが、最近では、その感情が嫉妬《しっと》に変わりつつあった。

その変化に澪香の存在が影響しているのは疑いようのない事実だった。

「辰波さん、本気で通うつもりですか?」

岡が、素《す》っ頓狂《とんきょう》な声で訊《たず》ねた。

「ええ。今日から、一日置きにお顔を見に参ります」

京介は頷《うなず》き、冗談めかした口調で言った。

「勘弁してくださいよ、もう。生き地獄だよ」

岡が半べそ顔で、胸の前で手を合わせた。

リアクションは少々オーバーだが、生き地獄という表現は的を射ていた。

――週に四日、いいえ、三日でもいいんですけど、夜にここへ来てもらえませんか?

半年間脱稿時期が延びると岡に告げられ頭を抱えていた京介に、澪香が持ちかけたアイディアは、想像を絶するものだった。

彼女の言いぶんから岡を分析すると、彼は芸術家によくありがちな気分屋な性格で、放っておけばいつまでも原稿を書かず、半年後の脱稿も怪しいというものだった。

十月の刊行予定が来年にズレ込むことだけでも朝日出版のダメージは計り知れないというのに、万が一、半年後も原稿を貰《もら》えないとなると京介の社内での立場は非常にまずいものとなる。

とはいえ、週に何度も原稿の催促をするのは、作家だけではなく編集者としてもいやなものだ。

しかし、京介は、今回の「任務」を少しも苦痛とは感じなかった。それは京介にサディスティックな性癖があるというのが理由ではなく、澪香の存在だった。

彼女と週に三度も四度も会えるというだけで、京介の胸は、初恋相手が乗る電車に時間を合わせて家を出る少年のように瑞々《みずみず》しく震えていた。

「先生。産みの苦しみですよ」

「はあーぁ。いまさらジタバタしても仕方がないか。まあ、とりあえず、中へ入ってください」

岡が観念したように京介を室内へと招き入れた。

「では、お邪魔します。あの、この前ご挨拶《あいさつ》した秘書の方は早退ですか？　昼間、七時頃に伺うというお電話を差し上げたときに、鼻声だったので風邪でもひいたのかと思いまして」

自分の質問の意図を見抜かれないように、京介は訊《き》かれてもいないことを過剰気味に説明した。

澪香とともに原稿を待つのとひとりとでは、心境的に天と地ほどの差があった。

「ああ、いま、澪香は辰波さんに心地好《よ》くお待ち頂けるように、お酒の用意をしています」

おどけたように言う岡は、京介の澪香に対する邪《よこしま》な気持ちを察知したふうには見えなかった。

「そんな、お酒だなんて、先生が執筆しているときにとんでもない」

京介は、慌《あわ》てて顔前で手を振った。

「僕のことを考えてくれているのなら、そうしてください。シラフでただ待たれていたら、辰波さんのことが気になって執筆どころじゃありませんよ。家にいたり、友達と呑《の》みに行っているような感覚で、寛《くつろ》いでいてもらいたいんですよ」

たしかに、岡の言うことには一理あった。

シラフでずっと待たれていたら、待たせているほうは執筆に集中できないだろう。

しかし、作家とは一筋縄ではいかない生き物だ。

わざと相手を試しているという可能性もあり、ふたつ返事で誘いに乗れば、なんて図々《ずうずう》しい奴《やつ》だ、と思われないともかぎらない。

ここは、ポーズでもいいから固辞する態度を続けたほうが無難だ。

「大丈夫です。酒を頂かなくても、リラックスして待たせてもらいますから」

「僕の頼みを聞いて頂ければ、ここから先は出入り禁止ですよ」

口もとが弧を描いているものの、岡の眼は笑っていなかった。

「出入り禁止はキャバクラだけにしたいので、お言葉に甘えさせて頂きます」

これ以上、断るのは逆効果と判断した京介は、素直に誘いに応じることにした。

「合格です。お上がりください」

少年のように破顔した岡が、スリッパに右手を伸ばした。

「お邪魔します」

以前に待たされた部屋に近づくほどに、京介の胸の鼓動がボリュームを増した。

「辰波さんが着いたぞ。用意できたか？」

言いながら、岡がドアを開けた。

「お待ちしてました」

澪香が、上品な微笑《ほほえ》みを浮かべつつ京介を出迎えた。

前回の清楚《せいそ》な白のワンピース姿とは対照的な、丈の短い黒のワンピースを纏《まと》った澪香は、ガラリとイメージが変わって小悪魔的な魅力に溢《あふ》れており、京介の心を鷲掴《わしづか》みにした。

テーブルには、焼酎《しょうちゅう》のボトルとビールの瓶、そして、枝豆、アタリメ、カシューナッツなどのつまみ類が所狭しと並んでいた。

「じゃあ、僕は、執筆を始めるから、あとはよろしく頼んだよ」

岡は澪香に言い残し、書斎へと向かった。

「いやいや、なんだか、こんなにしてもらって、申し訳ないですね」

京介は、照れ隠しにテーブルの上に視線をやりながらソファに腰を下ろした。

「岡先生から、丁重におもてなしするようにと言われてますから」

「シラフでいられると、気になって原稿が進まないとも言ってましたよ」

「じつは、それがおもてなしの一番の狙《ねら》いなんです」

澪香が、軽く握った右手を唇に当て、クスリと笑った。

その仕草を、写真におさめておきたいという衝動に京介は駆られた。

「焼酎とビール、どちらにします？」

「とりあえずビールで」

答える京介に、ふたたび澪香がクスリと笑いながら京介の隣に腰を下ろした。

血圧が上がったように、京介の全身が熱く火照《ほて》った。

「どうして、日本人って、みんな、同じことを言うんでしょうね？」

「え？」

澪香の言葉の意味がわからず、京介は首を傾《かし》げた。

「とりあえずビールで」

「ああ、なるほどね」

ようやく意味が理解できた。

たしかに、京介もいままで何度もそう言ってきたし、誰かが何度もそう言っているのを耳にしてきた。

「そう言えば、本かなにかに、ビールというのは一日の疲れを癒《いや》すとっかかりとして最高のツールだというふうなことが書いてありました」

澪香のお酌で、グラスがよく冷えたビールで満たされた。

彼女のような若く美しい女性が酒の相手をしてくれる。そこらのキャバクラでも、なかなか経験できないようなことだった。

「そうですね。とりあえず日本酒、だと、なんだか重いですよね」

「とりあえずウイスキー、もね」

京介が言うと、澪香が珍しく大口を開けて笑った。

ひと口目のビールはいつでも旨《うま》いものだが、今夜は格別だった。

「私も、頂いていいですか？」

「ああ、もちろん。じゃあ、今度は私が」

京介はビールの瓶を手に取り、澪香のグラスになみなみと注いだ。

それからふたりは、しばらくの間、とりあえず世間話で盛り上がり、グラスを重ね、芋焼酎に移った。

銘柄は「魔王」……さすがにベストセラー作家は違う。

「でも、先生は心配じゃないんですかね？　こんなに美しい女性と私をふたりきりにして。私も、一応男ですからね」

酒が入ったこともあり、京介はどさくさに紛れて大胆な言葉を口にした。

「私は二番ですから」

澪香が、ロックグラスの中に哀《かな》しげな視線を落とした。

「先生、ほかに誰かつき合っている女性でも？」

小さく首を横に振る澪香を見て、少しだけ失望している自分がいた。

「あの人にとっての一番は、小説なんです。執筆に入ったら、私のことなんて二の次三の次です」

「そんなことはないでしょう？　岡先生は、女性に対して不器用なだけですよ」

「それは言えますすね。彼、腕白な男のコみたいなところがありますから」

自分で振っておきながら、澪香の岡に対する好意的な物言いに京介は不快になっていた。

「でも……やっぱり、いいです」

澪香が、躊躇《ちゅうちょ》したように言葉を切った。

「なんですか、そこまで言ったなら、最後まで……」

唐突にドアが開き、岡が姿を現した。

京介の寿命は、確実に五年は縮んだ。

「澪香、ちょっと出かけてくる」

「すみません……うるさかったですか？」

京介は、恐る恐る訊ねた。

「いえいえ、気にしないでください。息抜きですから。それに、辰波さんがどれだけ大声を張り上げても、この部屋の壁は防音になってるんで、たとえ殺人が起きても気づきません。もちろん、セックスしてもね」

体内に染み渡っていたアルコールが一気に蒸発したような気がした。

「冗談ですよ。じゃ、十二時までには戻ってくるから」

五階のバルコニーから転落して死を覚悟したときに、道路を走っていたトラックの貨物スペースに運よく着地して九死に一生を得た……まさに、そんな気分だった。

「先生、二時間も息抜きですか？」

澪香が、携帯電話のディスプレイのデジタル時計に眼をやりながら訊《たず》ねた。

「ああ、もう、三十枚も書いたからな」

いまは午後十時。澪香と過ごす時間が愉《たの》しくあっという間だったが、ここへ来て、はやくも三時間が経過していた。

時速十枚のペースは、かなりのハイピッチだ。

十時間なら百枚、五十時間で五百枚。このペースで行けば、二日とちょっとで作品が完成する……というほど、順調にいかないのが執筆だ。

岡のような天才肌の作家には、継続して筆を進められないタイプが多いのだ。

「まあまあ、いいじゃないですか。三時間で三十枚も書くなんて、物凄《ものすご》いことですよ。あまり根を詰め過ぎるのも逆効果ですし……」

たしか、彼の血液型はBだったはずだ。

B型は、束縛をなによりも嫌う。

その代わり、気分が乗れば、一時間で十枚どころか五十枚を書き上げるような大仕事をやってのけても不思議ではない。

一番怖いのは、岡の「その気」をなくすことだった。

「ということで、行ってきます」

岡が茶目っ気たっぷりに片手を挙げ、部屋をあとにした。

「二時間で終わればいいですけど……最近、ハマってるんです」

「なににですか？」

意味ありげな澪香の言葉に、京介は首を傾げてみせた。

「キャバクラにです」

「え⁉ だって、先生はお酒が呑めないんじゃ？」

「目当てはお酒じゃなくて、ある店のキャバクラ嬢なんですよ。だから、こうやって私と辰波さんがお酒を呑んでいるのは、彼にとって好都合なんです」

澪香の流麗なラインを描く眉尻《まゆじり》が、微《かす》かに吊《つ》り上がった。

「まさか……先生は、そんなタイプじゃありませんよ」

いまの京介の立場では、そう言うしかなかった。

が、岡みたいなタイプだからこそ、キャバクラ遊びをしていても不思議でもなんでもない、というのが本音だった。

「私、彼の携帯のメールを見たんです。六本木のなんとかっていうお店の女と、デートの約束をしていました。それも、二度も三度もです。写メールも見ましたけど、派手な女でした。でも、逆に言えば派手だけが取り柄で、とっても下品な女です」

澪香が眉をひそめ、吐き捨てるように言った。

アルコールが回ってきたのだろう、彼女の眼は据わり、呂律《ろれつ》が妖《あや》しく縺《もつ》れていた。

「私だったら、こんなに素敵な女性とおつき合いしていたら、絶対にキャバクラなんて行きませんけどね」

酔っているのは、澪香ばかりではない。

京介の理性の鍵《かぎ》も、アルコールによって外れかけていた。

「本当ですか？　同情して、そういうふうに言ってくれているだけでしょう？」

仄《ほの》かに赤らんだ涙袋と潤んだ瞳《ひとみ》が、なんとも言えずになまめかしかった。

「同情なんて、とんでもない。最初にひと目見たときから、澪香さんのこと、とっても美しい女性だな……って、思ってました」

酔いに任せた勢いに押し開けられた扉から、抑圧されていた感情が迸《ほとばし》り、溢れ出してきた。

「嬉《うれ》しい……。さっき、言いかけてやめた話の続きなんですけど、私、セイジみたいな若くてうわついた男より、辰波さんみたいな落ち着きのある大人の男性に魅力を感じます」

岡を名前で呼ぶことからも、澪香の理性も京介に負けず劣らず麻痺《まひ》しているのが窺《うかが》えた。

京介が気になるのは、自分と同じように澪香が酔いで警戒心が薄れて本心が口に出ているのか、そこらの軽薄な女にありがちな、酒を呑《の》むとどんな男でもよくなっているのか、そのどちらかということだった。

「私とはまだ、今日で二度目ですよ。魅力だなんて、思い違いをしてるんじゃないですか？」

澪香に、というよりも、京介は自分に言い聞かせていた。

四十過ぎの中年が、半分に近い年齢の女性のお世辞を真に受けて浮かれるほどみっともないことはない。

澪香が岡に幻滅しているのが本当だとしても、交際しているのは事実であり、言いかえれば最初は好きになったのもまた事実だ。

つまり、後々気持ちに変化が起こったとしても、澪香がファザコンであれば、出会いのときから岡に心動かされることはないはずだ。

「たとえは変ですけど、自分の好みにぴったりのお洋服に出会ったときは、それが初めての遭遇でも、このお洋服大好き、ってなるでしょう?」

「なるほど。衝動買いってやつですね」

京介は、敢《あ》えてジョークっぽく受け流した。

これ以上、澪香の話を耳にすると、その気になってしまいそうで怖かった……いや、自分がピエロになることを恐れているばかりではない。

澪香は、彼女の気持ちが冷めていようがいまいが、岡からすれば恋人なのだ。

数年がかりで振り向かせた天才作家の女と、万が一おかしな関係になってしまったら、京介の編集者生命は絶たれてしまうだろう。

「そう……お洋服を買ったあとに、後悔するかもしれません。だけど、いま、私が辰波さんというお洋服が欲しくなっているのは、嘘《うそ》じゃありません」

辰波さんというお洋服が欲しくなって……という言い回しに、京介は妙にエロティシズムを感じ、臍《へそ》の下が熱を持った。

同時に、懐疑的になっていた心に変化が起りつつあった。

澪香の京介に対する想《おも》いが嘘ならば、印象が悪くなるような言葉……「後悔するかも」などとは、口が裂けても言わないはずだ。衝動買いなんて、と強く否定してみせるのが普通だ。

澪香は、本気で……。

「川島さん。ひとつだけ、訊ねてもいいですか？」

濡《ぬ》れた瞳で京介を見つめながら気怠《けだる》そうに頷《うなず》く澪香に、京介自身の充血に拍車がかかった。

なにかに気を逸《そ》らさなければ、彼女に気づかれてしまう。

京介は、岡の脱稿時期のことに思考のフォーカスを当てた。

その問題は、現在、もっとも京介を憂鬱《ゆううつ》にさせることだった。

しかし、なかなか思い通りにはならなかった。

逆の言いかたをすれば、京介にとっては喜ぶべきことでもある。ここ数年間の真知子との夫婦生活では、そう望んでも、ありえないことだからだ。

なかなか硬度を増さない夫にかいがいしく口で奉仕する妻の姿が、罪悪感を抱かせ、皮肉にもスラックスの隆起部分を萎《な》えさせた。

「たしか川島さんは、ファザコンだと言っていましたよね？」

「ええ」

「なら、どうして、まだお若い岡先生を好きになったんですか？」

アルコールの力を借り、京介はシラフでは絶対に訊《き》けないようなことを質問した。

その質問に、ジェラシーの匂《にお》いを嗅《か》ぎ取られないように気をつけた。

「言われてみれば、そうですね。多分、作家という職業のイメージに眩惑《げんわく》されていた部分があるのかもしれません」

「眩惑、ではなく、作家はもともとそういう生き物なんです。考えてみてください。奇跡の巡り合い、千人にひとりの難病、出来過ぎのジャパニーズドリーム、世界規模級の窃盗団、五百メートル先のコインを撃ち抜くスナイパー……現実ではありえないこと、少なくとも、自分が体験したことのない出来事、人物を、あたかも現実のように創作する、つまり、創《つく》り事を書き続けることができる時点で、作家は大嘘吐《つ》きなんですよ」

これも、シラフでは絶対に言えないこと……それも、相手は作家の秘書だ。

「それを聞いて、納得です。彼にとっての嘘は、女優の涙と同じ……ということですよね？」

「そうそう、よくできました」

京介は、澪香の頭を幼子のように撫《な》でた。

まずい展開なのはわかっていたが、曖昧《あいまい》になった理性では澪香の魅力に抗《あらが》えそうにもなかった。

と、そのとき、澪香の頭が京介の顎《あご》の下に来た。

「ちょ……まずいですよ……」

澪香を押し戻そうとしたが、京介の背中に巻かれた両腕は離れなかった。

「先生が戻ってきて、こんなところを見られたらどうするんですか?」

「彼は、午前二時過ぎ……あと三時間は戻ってきません」

澪香が、京介の胸に顔を埋《うず》めたまま言った。

「どうして、そんなことがわかるんです?」

「キャバクラに行ったら、ラストまで必ずいるからです」

「しかし、こんな腹癒《い》せみたいなことで……不純ですよ」

決壊しそうな理性に、京介は戒めるように言った。

これは罠《わな》ではないのか? という懐疑心が京介の脳裏を支配した。自分を試す意味で澪香を仕向ける。

その誘いに乗った瞬間に、朝日出版での刊行を取り止める。

岡なら、心変わりを正当化させるために、そのくらいのことを平気でやりそうだった。

「腹癒せじゃいけませんか?」

顔を上げた澪香のきつい眼差《まなざ》しが、京介の双眼を射抜いた。

「え？」

「辰波さんだって、結婚してらっしゃるでしょう？　おあいこです」

「そんな無茶苦茶な……。あなたはどうかしてます」

言葉とは裏腹に、京介の胸に押しつけられた彼女のふたつの柔らかな膨らみが、どうにかなってもいいという気分にさせた。

澪香が顎を上向きにし、眼を閉じた。

心拍数が上昇し、呼吸が激しく乱れた。

「私じゃ、いやですか？」

「……ちょっと、電話をかけます」

京介は汗ばむ指先で、携帯電話のプッシュボタンを押した。

八回目のコール音が途切れ、嬌声《きょうせい》と歓声に交じった岡の声が流れてきた。

「辰波です。息抜きしているところを、すみません」

『あ、こっちからもかけようと思っていたんですけど、学生時代の友人とバッタリ会っちゃいまして、戻りが遅れそうなんですよ。原稿のほうは心配しなくても、ちゃんとやりますから』

嘘。すぐにわかった。

が、その嘘が、自分をハメようとしているのではないか、という京介の不安を拭《ぬぐ》い去った。

「ああ、そんなことは気にしないでください。私が電話をしたのは、会社に呼ばれたので、もう少ししたら戻らなければならないことをお伝えしようと思ったんです」

『それはラッキー……なんて、嘘ですよ。辰波さんがいなくても、サボったりしませんから安心してください』

「信用してますよ。それでは、失礼します」

「帰っちゃうんですか？」

京介が電話を切ると、澪香が寂しげに訊《たず》ねてきた。

「いいえ、ここにいますよ」

「でも、いま……」

「あなたを抱くためです」

京介は言うと、澪香をきつく抱き締め、唇に唇を重ねた。

真知子とは違う柔らかく、吸いつくような感触……新鮮な刺激に、京介の胸裡《なか》でなにかが壊れた。

唇を重ね合わせたまま、京介は長ソファに澪香を押し倒した。
脳裏に浮かぶ岡の顔を打ち消し、京介は、澪香のワンピースのボタンに指をかけた。

6

澪香のワンピースの胸もとが、百合《ゆり》が花びらを開くようにはだけた。薄いピンクのブラジャーに包まれた乳房は、衣服越しからは想像できないほどにふくよかだった。

京介はあまりの興奮に、全身の血液が泡立ち、心拍数がさらに跳ね上がった。

澪香の唇を貪《むさぼ》りながら背中に腕を回し、もどかしげな手つきでブラジャーのホックに指をかけた。

十数年振りに体験する妻以外の女性の新鮮な肉体を前に、気負い込んだ京介の指先は怯《ひる》んだように言うことを聞かなかった。

澪香が背中を浮かせ、細い腕を後ろに折り曲げて自らホックを外す姿を見て京介の興奮に拍車がかかった。

弛《ゆる》む肩紐《ひも》を外し、ブラジャーを取り去ると、見るからに弾力性に満ちた釣り鐘形の乳房が露出した。

気づいたときには両の乳房を鷲摑《わしづか》みにし、激しく揉《も》みしだきながら先端の突起を交互に口に含み、舌先で転がしていた。

躯《からだ》を弓なりに反らした澪香の半開きの唇からは悩ましげな声が漏れ、鎖骨から胸もとにかけてほんのりと朱に染まった。

「辰波さんも……脱いで……ください……」

澪香の喘《あえ》ぎ交じりの声に促されるように、京介は片手でネクタイを外した。

運動不足の鈍《なま》った躰を見せたくはなかったが、ワイシャツを脱ぎ捨て、上半身裸になった。

両腕を澪香の腋《わき》の下から差し入れ、きつく抱き締めながら耳朶《みみたぶ》を噛《か》み、舌を挿入すると澪香はひときわ高い喘ぎ声を上げた。

硬くなった下半身が澪香の太腿《ふともも》の内側を力強く圧迫していることに、京介は肌が粟《あわ》立つほどの感動を覚えると同時に、内に眠り続けていた獣性が刺激された。

京介は、澪香のスカートを捲《めく》り下着を乱暴に剝《は》ぎ取ると、両足を高々と抱え上げ、エビのように丸めた。

そして、無防備になった秘部をしげしげと見つめた。

「薄いね」

「恥ずかしいです……」

太腿を閉じようとする澪香を、京介は許さなかった。

「こんなに水浸しになっていたら、恥ずかしいよな」

「いや……」

京介のサディスティックな言葉に、顔を両手で覆《おお》い羞恥《しゅうち》する澪香。両腕の間で寄せられ盛り上がった乳房に、「京介自身」はトランクスを突き破るのではないかというほどに血液が漲《みなぎ》った。

秘部の最も敏感な米粒大の隆起を強弱をつけて吸い、舌先で弾くように舐《な》め、唇で挟み引っ張った。宙に浮いているふくらはぎを硬直させた澪香が、腰をくねらせた。襞《ひだ》の奥から夥《おびただ》しい量の愛液が湧《わ》き出し、京介の上唇を濡らした。

「スケベだな。口がベトベトになったじゃないか？」

酒の勢いもあり、自分でも驚くほどに卑猥《ひわい》な言葉が口をついて出た。

「そんなこと言わないでください……」

顔を覆ったまま、消え入りそうな声で言うその姿が、京介の中枢神経を刺激した。

「両手を取って、僕がなにしてるのかをよく見るんだ」

「いやです」

「両手を取りなさい」

再度命じると、澪香がゆっくりと顔から手を外した。

しかし、眼は閉じられたままだった。

「眼を開けて」

「やっぱり、恥ずかしいです……」

「いいから、言われたとおりにしなさい」

薄目を開ける澪香に見せつけるように、京介は大きく出した舌で襞を下から何度も舐め上げた。

「やめてください……」

澪香は、言葉とは裏腹に潤《うるお》いを増し、舐め上げるたびに躰をビクンとさせていた。

「ほら、見てごらん」

京介は、澪香の潤いに指をつけ、人差し指と中指でVサインを作り、糸を引く様を見せつけた。

「いや、いや、いや……」

ふたたび、澪香が顔を手で覆った。

「だめだって、言ったでしょ。手をどけてしっかり見なさい」

今度は素直に手を離す澪香。

そうではないかと思ってはいたが、彼女にはマゾっ気がある。

京介に命令させようと、わざとそうしている節があった。

その証拠に、指示される都度、澪香の襞からは粘液が垂れ落ちてくるのだった。

「いまから、この指が君に入るからね」

澪香の鼻先に持っていった生々しく光る中指を、京介はぬるつく空洞に侵入させてくの字に曲げた。

そして、ざらついた天井を指の腹で擦《こす》りながら押すと、澪香が足を棒のように突っ張らせ、とぎれとぎれの喘ぎ声を出した。

ツボを探る目的で、指を微《かす》かにずらすことを繰り返した。

澪香の反応を観察しながら、京介は指圧のポイントを変え続けた。前戯に、こんなに時間をかけたのはいつ以来だろうか？

真知子とも、最初の頃は同じように丁寧な愛撫《あいぶ》を行い、言葉攻めにしたものだ。

いつからか、挿入までの時間が短くなり、口数も少なくなっていった。

澪香のリアクションが一番大きかったポイントで指を止め、触れるか触れないかのソフトタッチで擦りつつ、力を込めて押した。同時に、親指ではさっきより赤みを増して腫脹《しゅちょう》した米粒大の隆起を刺激した。

澪香の乳房の先端が、見るからに硬く突起していくのがわかった。押しては擦り、押しては擦りの間隔を徐々に早めていくと、とぎれとぎれの声が甲高く、力強いものになった。

「だ、だめ……」

その声が切迫した直後、澪香はブリッジするような体勢になり、京介の右手が飛沫《しぶき》に包まれた。

飛沫は、京介の右の肩を濡《ぬ》らすほどの勢いだった。

「あらあら、なんだい？　これは？　はしたないコだね。私もソファも、水浸しじゃないか？」

「言わないで……ください……」

澪香が両脚を小刻みに痙攣《けいれん》させつつ、薄紅に上気した顔を向けた。

「悪いコには、お仕置きをしないとね」

京介は幼子を叱《しか》るような口調で言うと、澪香を軽く睨《にら》みながらベルトのバックルを外した。

数年越しで出版権を獲得した天才作家の自宅で、若く美しき女性との姦通《かんつう》……しかも、女性は作家の秘書であり恋人という、これ以上ない背徳行為が京介を興奮させた。

酒が入っていなければ、いま、自分のやっている行為が、そして、これから及ぼうとしている行為がどれほどの危険に満ちているものなのかは容易に察しがつき、官能の誘惑に抗《あらが》えたのは間違いない。しかし、長年冬眠に入っていた獣性を揺り起こされた京介の耳に、岡の担当編集者として、真知子の夫として、理性ある男としての声は届きようもない。

異常なる昂《たかぶ》りに支配された京介に聞こえるのは、「雄」の叫びだけだった。

京介は、親指と人差し指がくっつくくらいの細い足首を摑み、澪香の両脚をMの字に抱えた。

「つけて……もらえますか？」

「外に出すから、大丈夫……」

遠慮がちに、はにかみながら言う澪香の耳もとで京介は囁《ささや》くと、潤った秘肉に男根を挿入した。

最近の真知子との営みでは味わえなかった充分な感触が、京介を狂喜乱舞させた。

京介が腰をゆっくりと前後に動かすと、澪香が眉間《みけん》に縦皺《たてじわ》を刻んだ顔を左右に振った。

徐々に、腰の動きを早めていった。

澪香が京介の背中に爪《つめ》を立て、悲鳴にも似た声を上げた。

その声に勢いを得た京介は、腕立て伏せの体勢でピストン運動を強めた。

澪香の乳房が大きく波打った。

京介は腰を8の字にグラインドさせ、右の乳房を揉みしだきながら耳に舌を差し入れた。

「あぁっ！」

澪香の全身が叫びとともに硬直した。

「君は、見かけと違って本当にいやらしい女のコだね。私と出会ったときから、濡れてたんだろう？」

「違い……ます」

「今日、私が来る前から、したくてしたくてたまらなかったんじゃないのか？」

言葉攻めをしながら、京介は、頬にキスをし、耳朶を噛み、鎖骨に舌を這《は》わせた。

京介の男根が、肉襞からスルリと抜けた。

「ほらほら、スケベなお汁が溢《あふ》れ出し過ぎて、抜けちゃったじゃないか」

「いや……いじめないで……」

「もう、やめようか？」

京介は、ぬらぬらと光る京介自身を握り、悪戯《いたずら》っぽい顔で言った。

「意地悪……」

拗《す》ねてみせる澪香。

「ほしいのなら、辰波さんのおちんちんをください、って言ってみなさい」

「そんなこと、言えません……」

「じゃあ、やっぱりやめよう」

京介は、ソファから下りる素振りをみせた。

「いや、いや」

「なんでいやなの？　だって、続けたくないから、言わないいんだろう？」

とことん、澪香をイジメた。

京介は、別人格になったようで異様に興奮した。

抜いたあともずっと屹立《きつりつ》したままの「京介自身」を見て、真知子のときには一体になることさえ困難だという事実が嘘《うそ》のように思えた。

「ください……」

「え？　もっと大きな声じゃないと聞こえないよ」

「辰波さんの……ください」

澪香が、潤む瞳《ひとみ》を向け、もどかしそうに言った。

「それじゃ、私のなにがほしいのかわからないな」

ゲームに陶酔する自分が、ひと回り以上も年下の女を相手に卑猥なプレイを行なっている自分が、信じられなかった。

まるで、官能映画かなにかのワンシーンのようだった。

他人事《ひとごと》のように思えるのも、無理はない。

昔はそれなりに遊んだといっても、四十五になる中年男が澪香のような若い娘と深い関係になることなどそうそうあるものではない。いや、単に若い女性と肉体関係を持ちたいだけなら風俗がある。京介は、風俗に行ったことがなかった。

興味がないわけではないが、金で性欲を処理するという行為に抵抗があったのだ。かといって、素人《しろうと》の娘とつき合える……というよりも、巡り合う機会さえ職場以外にはない。

現実問題、朝日出版には「女」を意識できるような女性はいないし、また、いたとしても編集長という立場上、一線を越えた関係はまずい。なにより、京介は女に飢えているのではなく、「男」を取り戻したいだけだった。

若ければ誰でもいい、という色欲魔とはわけが違う。

京介が澪香に心を動かされたのは、結婚を意識できる相手だったから……彼女と先に出会っていたならば、真知子が妻になってはいなかっただろう。

「はやくしないと、小さくなってしまうよ」

絶対そうはならない自信があるからこそ、口にできる言葉だった。

「辰波さんの……お、おちんちんを……ください……」

澪香の頬は燃えるような朱に染まり、自分のセリフに興奮を覚えたのか、きめ細かな餅肌《もちはだ》に鳥肌が立っていた。

「その前に、君のお汁で汚れたものを綺麗《きれい》にしてもらおうかな」

京介はソファから下り、横たわる澪香の前で仁王立ちになった。上体を起こした澪香は躊躇《ためら》いなく顔を傾け陰嚢《いんのう》を口に含み、柔らかな皮膚を吸い、睾丸《こうがん》を舌先で転がした。

左手は京介の臀部《でんぶ》に回し、右手では京介自身を握った五指をストロークさせていた。

思わず、京介は天井を仰ぎ、呻《うめ》き声を漏らした。

誰に仕込まれたのかは、考えるまでもなかった。

恍惚《こうこつ》とする脳裏に、岡の顔が浮かんだ。

澪香の口が、陰嚢から陰茎に、左手が臀部から陰嚢に移った。

左の掌《てのひら》で陰嚢を揉《も》みつつ、右手は京介自身の根もとをしっかりと摑《つか》み、鮮やかな紅色の舌先で裏側を舐め上げる澪香。

快楽に襲われるほどに……澪香のテクニックが絶妙であるほどに、京介の胃はジェラシーにチリチリと熱くなった。

不意に、凶暴な衝動が躰《からだ》の奥から湧《わ》き上がった。

京介は、澪香の頭を鷲《わし》掴みにし、急上昇する不快指数と比例するように熱《いき》り勃《た》つ男根で唾液《だえき》に濡れる唇を強引にこじ開けた。

柔らかく、長い舌が蛇のように陰茎に絡《から》みついてくる。

京介は甘美な快楽に歯を食い縛り、腰を前に突き出し、「京介自身」を、澪香の喉《のど》奥へと捩《ね》じ込んだ。

たかだか二十五、六の若造が伝授したテクニックに、身を任せるわけにはいかない。

彼が生まれたときには、京介は、もう、「男」になっていたのだ。体力で負けるのは仕方がないが、岡とは経験が違う。

仕事と同じで、セックスも踏んできた場数が物を言うのだ。

亀頭が喉の行き止まりに触れる感触とともに、澪香が噎《む》せ、涙目になった。

京介は男根を口から抜き、澪香の躰を半回転させ、ソファの背凭《せもた》れに手をつかせた。

それから、澪香の白桃のような煽情《せんじょう》的な尻《しり》を引き寄せつつ中へと押し入り、臀部に強弱をつけながら腰を打ちつけた。

首をのけ反らせた澪香の唇から、悩ましげな声が奏《かな》でられた。

抜いては挿し、抜いては挿し……ときには腰を捻《ひね》り上げるように奥深く、ときには天井のザラつく襞《ひだ》を亀頭で擦るように浅く。

澪香のシミひとつ、贅肉《ぜいにく》ひとつない背中が、じっとりと汗ばんできた。

京介は、澪香の背中に覆《おお》い被《かぶ》さるようにして、顔を横に向けさせると唇を貪《むさぼ》った。

キスしている間も、強弱をつけた腰の動きを続けた。

澪香が苦しげな表情で唇を離すと、切なげな喘《あえ》ぎ声を漏らした。

「その声はなに？　いやらしい声だね。もっと激しく突いてほしいの？」

京介の問いに、澪香がはにかみつつ頷《うなず》いた。

「だったら、お預けだ」

焦《じ》らすように言うと、京介は腰を引いた。

「やめないで……」

熱に浮かされたような瞳で懇願する澪香。

「その代わり、別のご褒美《ほうび》をあげる」

京介は膝《ひざ》立ちになり、突き出された「白桃」に顔を埋《うず》めた。

蜜壺《みつつぼ》とは違う窄《すぼ》まった敏感な部分に舌先を押し入れると、澪香が下半身を震わせて躰を硬直させた。

「あっ」

「そこは……だめです」

荒い息を吐き弱々しく拒絶する澪香に構わず、京介は秘境の空洞を舌で掻《か》き回した。

澪香は声にならない声を上げ、力なくソファからずり落ちた。

床に四つん這《ば》いになった京介は、ぐいぐいと舌を押し込みながら別の空洞に人差し指を侵入させ、親指の腹ではクリトリスを刺激した。

三ヵ所攻めに、澪香はいままでにない種類の糸を引くようなよがり声を発した。

老いたライオンには、若いライオンにはない狩りの技術というものがある。

京介は澪香にとって未体験だったであろう部位を充分に愛撫《あいぶ》し、フローリングに水溜《た》まりを作るほどに潤《うるお》った蜜壺を背後から貫いた。背をのけ反らせる澪香の両腕を手綱のように摑み、力強く腰を前後に動かした。

澪香が絹の光沢を放つ黒髪を振り乱し、「雌」の咆哮《ほうこう》を上げた。

室内で交錯する荒い息遣いと床で腹這いになる澪香の臀部から背中にかけて飛散する白濁した液体が、行為の激しさを物語っていた。両足を投げ出すように座る京介の太腿《ふともも》に張りつく男根はぐったりと萎《な》え、尿道口からは情事の残滓《ざんし》が漏れ出していた。

京介は立ち上がり、テーブルの上のティッシュペーパーを四、五枚引き抜いた。

腰から下が麻痺《まひ》したように力が入らず、歩くたびに膝がガクガクと震えた。

こんなに濃密なセックスは久し振りだったので、物凄《ものすご》い疲労感に全身が蝕《むしば》まれていたが、それは充足感に包まれた、達成感とも言い換えられる心地好《よ》い疲れだった。

澪香の脇《わき》に腰を屈《かが》めた京介は、ティッシュで糊《のり》を彷彿《ほうふつ》とさせる精液を拭《ふ》き取ってやった。

俯《うつぶ》せになったままの澪香が、ときおり下半身をヒクつかせる様を見て、京介はえも言われぬ優越感を感じた。

壁かけ時計の針は、深夜零時を過ぎたばかりだった。

約一時間も、行為に及んでいたことになる。

それも、少しも休まずに動きっ放しだった。

「澪香さんも、早く着たほうがいい」

京介は手早く下着と服を着けながら声をかけた。

澪香から聞いた話では、岡の帰りは午前二時を過ぎるだろうとのことだったが、万が一、ということもある。

「あ……すみません」

のろのろと起き上がった澪香が、気怠《けだる》い仕草で床に落ちているブラジャーを拾い、身につける仕草を見ていた京介の胸は、不意に、それまでの充実感が消え失せ不安に支配された。

いまさら遅いが、とんでもないことをしてしまった。

欲情の炎が燃え尽きたあとには、後悔だけしか残らなかった。

そして恐怖。もし、澪香がこのことを岡に話してしまったら……。京介はそんなことを考えながら、テーブルの位置を直し、ソファや床に付着している澪香の「残し物」を拭き取ると窓を開けた。

独特の生臭い匂《にお》いを消すために空気を入れ替える必要があった。

「後悔、してますか？」

衣服を身に着け終わり、乱れた髪にブラシを入れていた澪香が、不意に訊《たず》ねてきた。

「え……いや、してないよ」

しているとは、言えるはずがなかった。

「よかったです」

安堵《あんど》の表情で頷く澪香の幸せそうな顔に、胸がきゅうっと締め付けられた。

こんな青臭い感覚になるのは、二十代以来のことだった。

後悔はしている。だが、それは担当をしている作家の恋人と関係を持ったからであり、澪香という女性とこうなったことに対して悔いはない。

悔いがあるどころか、夢のようだった。

「君のほうこそ……」

京介は言葉を切り、澪香と距離を置きソファに座った。

つい十分ほど前までは肉体を重ね合っていたというのに、妙な遠慮があった。

この澪香との距離が、後悔の顕《あらわ》れなのかもしれない。

「その……私とこうなって、後悔はないのかい？」

ふたりとも、もう酔いは覚めていた。

素面《しらふ》になって、彼女がテンションダウンしていないかが気になった。

自分のことは棚に上げて、都合のいい男だった。

澪香は、控えめに、しかしはっきりと頷いた。

高揚と消沈が、京介の心の天秤《てんびん》を交互に傾けた。

自分は、隣に座っている極上の女を抱いたのだ。
一週間前までは、妄想さえしない出来事だった。
だが、歓喜が大きいぶん、代償も大きい。
この先、何年……いや、十何年、京介は編集長として岡セイジと付き合うことにな
るだろうが、その年月、ずっと、彼に対しての罪悪感とバレはしないかという不安の
両方と闘わねばならないのだった。
一回の過《あやま》ちだけで止《とど》まるならば……。
「ありがとう。でも……今回かぎりにしよう」
後ろ髪を引かれる思いで、京介は告げた。
未練がないと言えば嘘《うそ》になるどころか、未練たっぷりだった。
見開いた澪香の瞳《ひとみ》が、微《かす》かに翳《かげ》りを帯びた。
堪《たま》らず、京介は視線を逸《そ》らし煙草《たばこ》に火をつけた。
「遊びだったんですか？」
澪香の言葉に京介は、思わず煙に噎せた。
「私を抱いたのは、気紛れだったんですか？」
下唇を噛《か》み締め訊ねる澪香の姿が、なぜか京介には、一生懸命に小さな嘴《くちばし》を開けて

親鳥の帰りを待つ雛鳥《ひなどり》のように思えた。

正直、言葉に詰まった。

遊びとは違う。が、本気というほどの関係とも言えない。

ひとつだけはっきりしているのは、京介が澪香の魅力に抗《あらが》えなかった、ということだ。

「気紛れでも遊びでもないよ。だけど、君は、岡先生の秘書であり恋人だ。だから……」

「セイジさんと別れます。辰波さんがそうしろというのなら、秘書も辞めるつもりです」

「ちょ、ちょっと、君、そんなに急いで決めることはないよ。まだ、私たちは出会ったばかりなんだから」

京介は、しどろもどろになった。

澪香が岡に別れを告げるだけでもなにかを感づかれる可能性があるというのに、その上、秘書を辞めるとなれば完璧《かんぺき》に怪しまれてしまう。

が、その反面、澪香が岡と恋仲のままであることに激しいジェラシーを感じる自分がいた。

「じゃあ、辰波さんは、これからも奥様とセックスをするんですか？」

「え……」

あまりにも突拍子もない質問に、京介は返す言葉に詰まった。

「ごめんなさい……出過ぎたことを言ってしまって……。でも、私、器用な性格じゃないもので、今日のことをどう考えていいのかわからないんです」

京介から眼を逸らし俯《うつむ》く澪香の横顔は、いまにも泣き出しそうに見えた。

清楚《せいそ》と妖艶《ようえん》という対極的な魅力を兼ね備えている上に、生真面目《きまじめ》ときている。

澪香のなにもかもが、京介のツボだった。

それに、彼女の戸惑いは一理ある。

京介自身、酒の勢いで寝ただけの女なら、保身だけを考えていればいい。

だが、澪香は違った。

さっきの発言とは矛盾するが、このまま別れてしまうには、逃す魚が大き過ぎる。

しかし、しかしだ。

自分と澪香が本格的につき合うには問題が山積している。

岡だけではなく、京介には真知子という妻がいるのだ。

夜の生活こそうまくいってないものの、真知子への気持ちがなくなったわけではない。たしかに、十五年の時間の流れが愛情を情愛に変えたことは否定しない。

愛の質こそ違えど、京介にとって真知子が最高のパートナーであることに変わりはないのだ。

「澪香さん。お互い、よく考えてみよう。明日も、話す時間はいくらでもあるんだからね。とにかく、状況が状況だから、お互い、焦《あせ》って結論を出さないようにしようじゃないか」

京介は、澪香に、というより、自分に言い聞かせるように言った。

「辰波さんって、器用なんですね」

なにげない澪香のひと言は、解き放たれた一本の矢のように京介の胸に突き刺さった。

上着のポケットが震えた。

「ちょっと、煙草を買ってくるから。コンビニに寄るけど、なにかほしい物ある？」

「いえ、大丈夫です」

京介は頷き、部屋をあとにした。

小走りに玄関へと向かい、外に出ると携帯電話を取り出し不在着信のアイコンをクリックした。

小さなため息を吐《つ》き、ディスプレイに表示される自宅の電話番号をふたたびクリックする。

『もしもし？』

電話が鳴るのを待ち構えていたようにワンコールで、真知子が出た。

「俺だけど。どうした？」

なぜ真知子が電話をかけてきたかをわかっていながら、京介は敢《あ》えて訊ねた。

『お仕事、まだ、終わらないの？』

真知子の声音には、遠慮がちな中にも微かな不満の響きが含まれていた。

「ああ。岡さんが息抜きすると言ったまま、戻ってこないんだよ。はやく切り上げたいんだけど、俺が帰っちゃったら彼の思うつぼだろ？　どうやって執筆から逃れようか、それしか考えてないんだからな、まったく、困ったもんだよ」

京介は、今度は演技のため息を吐いた。

岡が執筆を逃れようと糸の切れた凧《たこ》のように戻ってこないのは本当のことだ、と京介は真知子に対する言い訳を心で正当化した。

『外？』

通りを走る車の音を聞き取ったのだろう、真知子が怪訝《けげん》そうな声を出した。

「煙草が切れちゃってね。もう、イライラで、いつもの倍のペースで吸ってるよ」

澪香にしたのと同じ言い訳をした。

『ひとりで待ってるの？』

「いや、秘書とふたりだ。彼も、泣き出しそうな顔をしててね」

言外に、女といるのではない、ということを伝えた。

『そうなんだ。作家先生のお守りも大変だね』

真知子が安堵したのを電話越しに察知した京介は、全身の筋肉がゆっくりと弛緩《しかん》してゆくのを感じた。

「若くして金と名誉を摑《つか》んだもんだから、なんでも、自分の思い通りにしないと気が済まないタイプなんだよ」

岡の性格部分については、ほぼ真実を伝えている自信はあった。だが、問題なのは、自分の不貞行為を隠すために彼を槍玉《やりだま》に挙げている、ということだった。

『じゃあ、もうちょっとかかりそうね。躰《からだ》を壊さないように、少しでも睡眠取ってね』

「ありがとう。じゃあ、先に休んでていいから」

京介は、罪悪感の悲鳴を耳にしながら携帯電話を切ったときに、ちょうどコンビニエンスストアに到着した。

「マールボロをひとつ」

京介は、レジの後ろの棚を指差しながら店員に告げた。

ポケットには、まだ、封を開けたばかりのマールボロのパッケージが入っていた。


——辰波さんって、器用なんですね。


鼓膜に蘇《よみがえ》る澪香の言葉に、心で頷《うなず》いた。

澪香や真知子に対しての言動に、京介は、自分が保身のためならずるく立ち回れる男だということを初めて知った。

7

洗い物をしながら、真知子は深いため息を吐いた。

昨日は、いけない、いけないと思いながら、京介を追い詰めてしまった。

最近、ストレスが溜《た》まり、ちょっとしたことでイラついてしまう。もしかしたら、更年期なのかもしれない。

ストレスの原因は、京介が抱いてくれないことがかなりの要因を占めていた。

昔はあんなに愛してくれたのに……。

自分には、もう女としての魅力がないのだろうか？

——俺は、君といつまでも恋人みたいな夫婦でいたいんだ。

京介は、子供を作ることを拒んだ。

——子供ができたって、仲のいい夫婦は一杯いるわよ。

――なにを言ってるんだ。女は育児に追われて、子供にかかりっきりになってしまう。服装に気を遣わなくなり、夫はそっちのけになる。そんなの、俺はいやなんだ。

――私は、絶対にそんな女にならないから安心して。

――誰だって、最初はそう言うもんだよ。でも、そのうち、女でなくなり、母親になってゆくんだ。

真知子の説得にも、京介は首を縦に振らなかった。

真知子は、最終的には京介に従うことにした。

子供がほしいにはほしかったが、それ以上に、京介の願いを叶《かな》えてやりたかった。

京介にとって、最高の女でありたかったのだ。

なのに、真知子を見る京介の瞳は、いつの頃からか、女に向けられるそれではなくなっていた。

胸に、ぽっかりと穴が空いたように寂しかった。

どうしようもない孤独に、身が引き裂かれそうだった。

たとえ恋愛関係でなくても、京介の眼が、ほかの女に向くことに耐えられなかった。

自分がこんなにも嫉妬《しっと》深い女だったと、真知子は初めて知った。

洗い物を済ませた真知子は、脱衣所に向かった。

今日は天気がいいので、京介が起きてくる前に洗濯を済ませておきたかったのだ。

脱ぎ捨てられっ放しになっている京介のワイシャツを拾い上げた真知子は、洗濯機の蓋《ふた》を開けかけた手を止めた。

ワイシャツの袖《そで》に、肌色のシミがあった。

もしかして、ファンデーション？

胸の鼓動が、急に高鳴った。

襟、胸もと、背中、肩、袖……真知子は、入念にほかの部位も調べた。

次に上着、ズボン、そして最後にパンツを手に取った。

パンツを裏返し、股間《こかん》のあたりを凝視した。

ナメクジが這《は》ったあとのような、白っぽいシミに真知子は頭を鈍器で殴られたような衝撃を受けた。

「まさか……」

真知子は、喉《のど》から剝《は》がれ落ちたような掠《かす》れた震え声で呟《つぶや》いた。

声だけでなく、パンツを掴む手も、膝も震えていた。

「まさか……」

もう一度、呟いた。

しかし、このシミは、どう考えても精液に違いなかった。

無意識に、足を踏み出していた。

気づいたら、ワイシャツとパンツを手にしたまま寝室に向かっていた。

「あなた、起きて」

真知子は、布団を剝ぎ、京介の肩を揺すった。

「ん……？　なんだ……まだ、七時半じゃないか……」

京介は眼を擦《こす》りつつヘッドボードの目覚まし時計を見ると、真知子に背を向け丸まった。

「話があるの。起きてちょうだい」

「頼むから、もう少し寝かせてくれよ。昨日は遅かったんだから……」

京介は、寝ぼけた声で言うと、寝息を立て始めた。

「どうしてこんなところに、精液がついてるの⁉」

真知子がパンツを宙に掲げると、京介が弾かれたように上体を起こした。

「なんだって⁉」

動転した顔をパンツに向ける京介に、真知子は確信めいたものを感じた。

「おしっこをしたあとに、漏れたんだろう。よくあることだよ。そんなことで、起こさないでくれよな」

「じゃあ、このファンデーションは⁉」

ふたたび横になろうとした京介の視線が、ワイシャツに釘《くぎ》づけになった。

「あ、ああ……電車が混んでたからな」

「上着を着ているのに、どうしてこんなところに付くのよ」

真知子は、ワイシャツの袖の部分を指して問い詰めた。

「電車の中が蒸してて、上着を脱いでいたんだって」

京介の瞳《ひとみ》を、真知子は無言でじっと見据えた。

「ねえ。本当のこと言って。どうしてそんな子供騙《だま》しの嘘《うそ》を私に吐《つ》くの？」

「嘘なんて吐いてないって」

口調こそ強かったが、京介は眼を逸《そ》らした。

言葉ではない。京介の一挙手一投足が、夫は嘘を吐いていると真知子に教えた。

「今日は、岡さんのところに行かないで」

これは、京介に対しての踏み絵だった。

頷いてほしい。いまなら、まだ、夫を信じることができる。

真知子は、心から祈った。

「なにを言ってるんだ。そんなこと、できるわけないだろう」

「待って」

ベッドから下りる京介の行く手を、真知子は遮った。

「私の言うことを聞いてくれたら、もう、いろんなこと訊《き》いたりしないから」

真知子にとっては、ひとつの賭《か》けだった。

京介が首を縦に振ってくれれば、状況的に疑わしい部分も水に流すことができる。

十五年という月日が築き上げた信頼を、真知子は信じたかった。

「君だって、明け方の電話を聞いてたじゃないか。約束を反故《ほご》にして原稿をほかに持って行かれたら、どうするつもりなんだ？」

「女の人のところに遊びに行くための留守番を断わったからって、そんなことあるわけないじゃない」

編集者という仕事が特殊であり、一般のサラリーマンのような常識が通用しないことはわかっているつもりだった。

だが、いま京介の言っている理由だけはどうしても納得できなかった。

「作家っていうのは、君が考えている以上にわがままな生き物なんだ」

「とにかく、行かないで……」

京介は、真知子を押し退《の》けるように部屋を出た。

手を伸ばせば届く位置にあるというのに、真知子には、夫の背中が凄《すご》く遠くに感じられた。


レジに行きかけた真知子は、肉を買い忘れたことに気づき、売り場に戻った。

これで、三度目……一度目はシラタキで、二度目はエノキだった。買い物している間中、いや、京介が出て行ってからずっと朝のことが頭に渦巻いていた。

なにをするにも、手につかなかった。

会ったこともない女のことが、気になって気になって仕方がなかった。

本当に、京介は浮気をしたのだろうか？

夜の夫婦生活がうまくいってないのは事実だが、京介はそんな男ではない。

願望でも希望でもなく、それは、長年連れ添った妻としての自信からくる確信だった。

「お客様、お釣りっ」――

レジ係の声に、我に返った真知子は引き返し二百円の釣銭を受け取った。
また、ぼーっとしていた。
真知子は頭を振りながら、食材を袋に詰め替えた。
今夜は、京介の好きなすき焼きだ。
ああは言っていたものの、京介は早めに帰ってくる……きっと帰ってくる。
真知子は自分に言い聞かせ、スーパーを出た。
しかし、あのパンツについていた精液とワイシャツについていたファンデーション
はいったい……。
背中に衝撃。真知子は、アスファルトに前のめりによろけた。
路上に投げ出された買い物袋から食材が零《こぼ》れた。
不意に、躰が傾いた。
ヘルメットを被《かぶ》った男が、真知子のバッグを奪おうとしていた。
「な、なにするの……誰か……」
「こらっ、お前、なにやってんだ！」
色黒で長身の若い男性が現れ、ヘルメットの男を蹴《け》りつけた。
ヘルメットの男は、脱兎《だっと》の如《ごと》く逃げ出した。

「大丈夫ですか？」

路上に転がる食材を拾い上げた男性が、真知子を抱き起こしながら訊《たず》ねた。

背中に回された男性の太く逞《たくま》しい腕に、真知子は違和感を覚えた。

考えてみれば、この十五年、京介以外の男性の躰《からだ》に触れたのは初めてのことだった。

鼓動のリズムが、急に早くなった。

胸が高鳴っているのは、ひったくりにあったせいに違いない。

真知子は立ち上がりつつ、そう自分に言い聞かせた。

「すみません。ありがとうございます」

男性から買い物袋を受け取った真知子は、礼を述べた。

「危なかったですね」

褐色の肌に白い歯のコントラストが眩《まぶ》しかった。

それにも増して、男性の眼力の強さに真知子は息を呑《の》んだ。

過去に、こんなに瞳を射貫《いぬ》くような眼をした男性に会ったことがなかった。

「ええ、でも、おかげで助かりました」

男性の眼を直視できずに、真知子は伏目がちに頭を下げた。

「心配なので本当はご自宅までお送りしたいのですが、人を待たせているので、もし不審な人物がいたらすぐにこの番号に連絡ください。では、失礼します」

真知子に名刺を手渡すと、男性は折り目正しく頭を下げて踵《きびす》を返した。

遠ざかる青年の背中を、真知子は見送った。

「え……嘘！」

青年の背中から名刺に視線を移した真知子は、思わず声を上げた。吸い込まれる視線の先に書かれていたのは、岡セイジの名前だった。


テーブルの上の鉄鍋《てつなべ》に向けていた視線を壁かけ時計に移した。

あと五分で、午前一時になる。

真知子はため息をつき、携帯電話を手にして京介の番号をプッシュした。

『オカケニナッタデンワハ　デンパノトドカナイバショニアルカ　デンゲンガハイッテイナイタメカカリマセン　オカケニナッタデンワハ……』

電話を切り、真知子はふたたびため息をついた。

——やっぱり、岡さんのところに行かなければならなくなった。

できるだけ、はやく帰ってくるから。

京介から一方的な電話が入ったのが、午後九時頃。それ以降、一本の連絡もなく、真知子からかけても無機質なアナウンスが繰り返し流れるだけだった。

電波の届かない場所にいるのかもしれない、とも考えてみたが、岡のマンションにいるはずなのでそれはありえない。

きっと、自分からかかってくると思い電源を切っているに違いなかった。

――危なかったですね。

陽に灼《や》けた肌に眩《まばゆ》いほどの白い歯……真知子の瞳を射貫く強い眼力。

脳裏に蘇《よみがえ》る岡の残像を、真知子は慌てて打ち消した。

あんな誠実そうにしていても、岡の実体は家庭のある編集者を明け方まで引き留め、自分は女性に会いに行くような男なのだ。

真知子は、自分に言い聞かせた。

その直後に、いったい、なぜ言い聞かせる必要があるのか、という非難めいた疑問の声に苛《さいな》まれた。

それにしても、そんな夜中に人に迷惑をかけてまで会いに行くほどに魅力的な女性なのだろうか？

時間帯から察して、その女性は夜の勤めである可能性が高い。

女性のほうは、あの若さで名誉と財を手にした売れっ子作家に近づいて、あわよくば玉の輿《こし》を狙《ねら》っているに違いなかった。

岡も、あれだけの容姿なのだから、なにもわざわざホステスを相手にすることも……。

「私、なに考えてるのかしら……」

真知子は、呆《あき》れたように独りごちた。

岡がホステスに利用されようがされまいが、真知子には関係のないことだった。

問題は、なぜ京介が電源を切っているのか、ということだ。

ワイシャツに付着したファンデーションにパンツの白いシミ。結局、京介からは納得のいく説明を聞くことができなかった。

夫を信じたい、と思う気持ちは当然あるが、京介が残した痕跡《こんせき》はあまりにも疑わし過ぎ、ちょっとやそっとの釈明ではとても納得できるレベルのものではなかった。

岡の秘書には、女性もいると言っていた。今夜も、彼女はいるのだろうか？

真知子は、眉間《みけん》に指を当てて皮膚を伸ばした。

知らず知らずのうちに険しい表情になっており、深い縦皺《たてじわ》が刻まれていたのだ。

こういう皺は、よく笑う人が目尻《めじり》に「カラスの足跡」ができるのと同じように、残ってしまうから気をつけなければ……。

真知子は携帯電話を手に、寝室に向かった。

ドレッサーに座り、鏡の中の自分と対面した。

真知子の年齢を知った者は、みな口を揃《そろ》えて四十という実年齢より十歳は若く見えると言ってくれる。

だが、三十の頃よりは確実に肌は弛《ゆる》み、小皺も増えていた。

年齢を追うごとに自慢の切れ上がった涼しげな目尻は下がり、口もとの筋肉も弛くなり、顔の皮膚が重力に逆らえなくなっていた。瞼《まぶた》の皮膚にも張りがなくなったせいで、昔の写真と見比べてみると眼も小さくなったような気がした。

いや、ような、ではなく明らかに小さくなっていた。

女優は、コラーゲン注入や皮膚を吊《つ》り上げるリフトアップなどの整形手術を行なっているので、五十になっても張りのある肌を保っているのだ。

「私も、やってみようかしら……」

鏡の中の自分に向かって、真知子は呟《つぶや》いた。

最近では一般の主婦でも、プチ整形というものが流行《はや》っており、皺を消すコラーゲン注入など美容院感覚で通っているという。

同年代の主婦に比べれば肌のトラブルも少なく体型もスリムな真知子は、プチ整形どころかエステさえも行ったことがなかった。

美の追求に無頓着《むとんちゃく》でも若い頃なら問題はなかったが、これからはメンテナンスしてこなかったツケが如実に表れるだろう。

顔ばかりではない。

真知子は、腰回りに手を当てため息を吐《つ》いた。

掌《てのひら》に伝わる感触が、数年前とは明らかに違っていた。

それでも括《くび》れは存在しており、四十の主婦にしては自慢できることだ。

とはいえ、子供を産んだ経験のない真知子がある程度のプロポーションを維持できているのは当然のこととも言える。

育児に追われ女性を諦《あきら》めた主婦を基準に、考えたくはなかった。真知子の理想は、いくつになっても京介に「女」として見てほしい、ということだ。

そもそも岡は、本当に仕事場を抜け出し女性に会いに行ってるのだろうか？

不意に、真知子の頭の中に疑問が湧《わ》いた。

ドレッサーの抽出《ひきだ》しを開け、名刺を取り出した。

岡セイジの名前と携帯電話の番号を見た真知子の胸が微《かす》かに高鳴った。

京介から電話が入ったときに、買い物帰りにひったくりにあいそうになったところをセイジに助けられたと、どうして言わなかったのだろうか？

疚《やま》しさを感じたから？

そんなはずはない。いったい、夕方の出来事に関して、なにが疚しいというのか？

京介が忙しそうにしていたから、切り出せなかっただけの話だ。名刺を見て鼓動のリズムに変化が起こったのは、セイジを妙に意識しているからではなく、こんな時間に電話を入れたら非常識ではないのか？　という思いからだった。

真知子は、心で自分にそう言い聞かせた。

携帯電話を手にしたものの、番号を押す段になって指が躊躇《ちゅうちょ》した。

携帯電話を取っては置くことを繰り返した。

「名刺をくれたんだから、いいわよね。まだ、起きているんだし……」

電話をかける正当性を口にし、真知子は緊張に震える指先で番号ボタンをプッシュした。

一回目のコール音の途中で、真知子は電話を切った。

やはり、非常識だと思ったのだ。

携帯電話をドレッサーの上に置こうとしたときに、着信のメロディが鳴り、真知子の心拍は飛び跳ねた。

ディスプレイに浮かぶ着信番号は、いまかけたばかりのセイジのものだった。

「どうして、私の番号が……」

疑問は、すぐに解けた。

いまセイジにかけたときに、真知子の電話番号が通知されたに違いない。

一分にも満たないコールバックに出ないと、居留守だと言っているようなものだった。

「はい、辰波です」

『夜分に遅く申し訳ありません。あの、岡セイジと申しますが、お電話を頂きましたでしょうか？』

受話口から流れてくるセイジの声音は、青年と呼ばれる年代特有の若々しく誠実なものだった。

「あ、はい、かけました。こちらこそ、こんな真夜中に電話をかけて申し訳ございません」

気が動転し、背中から汗が噴き出した。

『昼間の方ですね。なにか、あったんですか？』

セイジが、夕方の「ひったくり犯」について言っているだろうことは、すぐにわかった。

「いえ……違う用件で、おかけしたんです」

『なんでしょう？』

「あの……じつは、私、辰波京介の妻なんです」

『え！　辰波さんって、朝日出版の辰波さんですか⁉』

セイジが、素《す》っ頓狂《とんきょう》な声を上げた。

「ええ」

『いやぁ、びっくりしたな。まさか、そんな偶然があるなんて……あ、ごめんなさい。なにか、用事があるんでしたよね？』

「あの、お気を悪くしないで聞いてほしいのですが……」

セイジが女性に会いに行くときに秘書に対する体裁のために京介を呼んでいる、という話を、真知子は遠慮がちに伝えた。

『辰波さんが、そんなことを……』

セイジの声が暗くなったのを耳にし、真知子は早くも後悔した。

「ごめんなさい、なんか私、失礼なことを言っちゃったみたいで……」

沈黙が、苦しかった。携帯電話を握る掌が、びっしょりと汗ばんでいた。

『奥さん』

「は、はいっ」

真知子は、思わずドレッサーの椅子《いす》から立ち上がった。

『いまから、ご自宅に伺ってもよろしいでしょうか？』

「え……？」

予期せぬ申し出に、真知子は二の句が継げなかった。

『ちょっと、大事なお話があるんです。お時間は取らせませんから』

真知子の胸は、驚きから不安に取って代わった。

京介のことで、電話では言えないなにか重大な問題があるのか？　気が気ではなかった。

が、こんな真夜中に夫以外の男性を部屋に上げるのは、躊躇《ためら》われた。

『もし、ご心配なら、明日のお昼でも構いませんよ』

真知子の心の不安を見透かしたように、セイジが言った。

フッと、逡巡《しゅんじゅん》する気持ちが消えた。

セイジは、京介が担当する作家だ。しかも、自分を助けてくれた恩人なのだ。

警戒するどころか、逆に、きちんと礼を言えるチャンスだ。

「いいえ。岡さんさえよろしければ、私のほうは大丈夫です」

『ありがとうございます。では、三十分ほどで伺います』

電話を切ると、真知子は部屋着をシックなワンピースに着替え、ドレッサーに座り化粧を始めた。

時間帯を考えて、ファンデーションもルージュも薄めにした。

真知子は、鏡の中の真剣な自分の顔を見て、ブラシで髪を梳《と》かしていた手を止めた。

「私、なにをやっているのかしら……」

まるで、セイジに会うために精一杯のおめかしをしているようで、急に恥ずかしくなったのだ。

「主人の話で来るんだから」

自分を諭すように、真知子は呟いた。

リビングの片づけがあらかた終わった頃を見計らったように、インターホンが鳴った。

「はい、辰波です」

真知子は、受話器を手に取り、普段よりオクターブ高いよそゆきの声を出した。

『夜分遅くにすみません。岡です』

「いま開けますので、少々お待ちくださ い」

平常心に意識のフォーカスを当てながら、真知子は玄関に向かった。

真知子は沓《くつ》脱ぎ場に下りると深呼吸を繰り返し、内カギとチェーンロックを開けた。

「ごめんなさい、押しかけちゃって」

ドアが開くと、セイジが無邪気な笑みを浮かべて頭を下げた。

夕方に会ったときは野性的で逞《たくま》しいイメージばかりが印象に残っていたので、少年っぽい仕草に真知子はギャップを感じた。

そしてそのギャップは、真知子に好印象を与えた。

「いえ、こちらこそ、今日は危ないところをありがとうございました。さ、お上がりくださいい」

真知子は頭を下げ、セイジを奥へと促した。

廊下に上がったセイジと並ぶ格好になった真知子は、違和感を覚えた。

違和感は、セイジとの身長差が原因だということがわかった。

京介は家に会社の人間を呼ぶタイプではなく、親戚《しんせき》関係を除き、部屋の中でほかの男性と肩を並べるということは真知子には初めてだった。

京介なら喉《のど》の位置を捉《とら》える真知子の視線も、セイジの場合は胸を捉えていた。

身長だけでなく、肩幅も京介より遥《はる》かに広かった。しかし、ウエストは京介より細い。

脚は信じられないほどに長く、腰の高さは真知子のお腹《なか》のあたりだった。

「いま、なにかお飲み物を用意しますから、こちらでお待ちください」

「あ、お構いなく」

セイジをリビングに通した真知子は、ソファを右手で示してキッチンに入った。

あの若さと容姿なら、女性にモテるのも無理はない。

しかも、セイジは超売れっ子の作家だ。

真知子の描く作家像は、もっと年がいった不健康なものだった。セイジの容貌《ようぼう》は、作家どころかドラマや映画に引っ張りだこの人気俳優と比べてもまったく遜色《そんしょく》がなかった。

真知子は、真夜中の訪問者についてあれやこれやと思考を巡らせながら、サイフォンのコーヒーを注いだ二客のカップをお盆に載せてリビングに戻った。

「すみません」

セイジは、真知子がテーブルに置いたばかりのコーヒーカップを把手《とって》の部分は使わず、まるで湯呑《ゆの》み茶碗《ぢゃわん》をそうするように鷲摑《わしづか》みにして口もとに運んだ。

マナー的に言えば褒められたものではないが、不思議と、セイジがやると嫌悪《けんお》感はなかった。

むしろ、最近の若者にはない野性味が真知子の眼には新鮮に映った。

「熱くないですか?」

真知子もセイジの正面に座り、コーヒーカップを手にして訊《たず》ねた。

「こんな手ですから、熱さには強いんです」

セイジはコーヒーカップをソーサーに置くと、掌《てのひら》を真知子に向けて見せた。

「わぁ、凄《すご》い……」

真知子は、思わず顔を近づけた。

った。セイジの五指のつけ根は硬そうなマメに覆《おお》われ、見た目にも皮膚が分厚いのがわかった。

なにより、掌の大きさに驚いた。京介は男性の中でも大きいほうだと思っていたが、セイジとくらべるとひと回りは小さかった。

自分の掌を基準に考えていたので、そう錯覚したのだろう。

「どうしてこんなにマメができているんですか？」

「トレーニングでバーベルを挙げるときにシャフト……鉄の棒のことなんですけど、それを強く握り締めているうちにできたんです」

「触ってもいいですか？」

真知子は、我慢できずについ口走ってしまった。

「どうぞ」

セイジが、さっきの少年っぽい笑みとは対照的な、包容力を感じさせる大人の微笑を見せた。

遠慮がちに出した真知子の指先には、まるで石を触っているような感触だった。

「これなら、熱に強い理由もわかります」

言いながら、真知子の視線は無意識にセイジのはだけた胸もとに注がれていた。隆起した筋肉は、その過酷なトレーニングで培《つちか》ったたまものなのだろう。

「あの、お話というのは？」

真知子は、本題を促した。

セイジの肉体に関する話題に意識を奪われている自分が、とても淫《みだ》らに思え自己嫌悪に陥ったのだった。

「ああ、そうでしたね。いまから僕が言うことを、ご主人に内緒にできると約束してもらえますか？」

セイジの改まった態度に、胸騒ぎがした。

真知子は頷《うなず》いた。

正直、京介の隠された真実を耳にするのは怖かった。

京介の言動に疑心を抱いている自分がいる反面、心のどこかで、眼を逸《そ》らしたいと思っている自分もいた。

それは、臭いものに蓋《ふた》をすると言えるのかもしれないが、蓋をしてでも夫婦生活を守りたいという気持ちがあるのも本音だった。しかし、真知子は真実を知る道を選択した。

それは、プライドだった。

その指輪がメッキかもしれないと疑っていながら、未練たらしく薬指に嵌《は》め続けるような人生は送りたくなかった。

「僕は、恋人が浮気しているんじゃないかと疑っているんです」

「岡さんの恋人が？」

真知子は、無意識に不愉快になっていた。

「そうです。彼女は、僕の秘書なんですけどね」

「え……」

セイジに恋人がいたということに対して感じていた不愉快さは、彼のひと言で霧散した。

浮気をした恋人というのは、京介がセイジがいないときにふたりでいる秘書のことなのか？

「まさか、ウチの人が……？」

真知子は、恐る恐る訊ねた。

「まだ、そうと決まったわけではありません。あくまでも、僕の疑いに過ぎません」

少しの慰めにもならなかった。いくら決まったわけではないと言われても、これでは、京介が浮気をしていると断言されているようなものだ。

「ウチの夫が、岡さんの恋人と浮気をしているかもしれないなんて、いったい、どういうことですか？」

「辰波さんが最初にウチに来たときに、僕の秘書であり恋人である澪香がいたんです。辰波さんが澪香を気に入ったのは、彼の眼を見てすぐにわかりました。まあ、でも、澪香さえちゃんとしてれば問題なかったわけですが……」

セイジが言葉を濁した。

「なにがあったんです？」

語気が、思わず強くなった。

「執筆の息抜きに、僕、呑みに行ったんですね。勘定のときに財布を忘れたことに気づいて、家に帰ったんです。そしたら……。やっぱり、やめときます」

「私のことなら大丈夫ですから、言ってください」

毅然《きぜん》とした口調とは裏腹に、コーヒーカップを持つ手が震え、濃褐色の液体が波紋を作っていた。

「部屋から、澪香の喘《あえ》ぎ声が聞こえてきて……」

「え……」

セイジの言葉に、頭の中が白く染まった。

覚悟していたこととはいえ、事実として言われたショックは大きかった。

「それで……どうしたんですか？」

その先……部屋の中の状況を聞くのが怖かったが、ここまで知った以上、覚悟を決めるしかなかった。

「そのまま家を出て、一、二時間飲み屋で時間を潰《つぶ》してから部屋に戻りました」

「え⁉　入らなかったんですか？」

真知子は、咎《とが》めるように訊ねた。

「すみません……ショックが大きくて、気づいたら外に飛び出していたんです」

消え入るような声で言い、うなだれるセイジの姿に、真知子は胸が締めつけられた。

真知子は、詰問《きつもん》口調になった自分をすぐに反省した。

つらいのは、彼も同じなのだ。しかも、自分の部屋で恋人の浮気を知ってしまったのだから、そのショックは計り知れないほど大きいに違いない。

「こちらこそ、ごめんなさい。あなたも、苦しいでしょうに……」

「いいえ、それは、お互い様です。それに、僕の場合は彼女とのつき合いは短いですけど、奥様と辰波さんはご結婚もなさってることですし、心中をお察しします」

こんな状況の中でも相手を思いやることのできるセイジの心遣いに、真知子は自分が恥ずかしくなった。

「信じていた相手に裏切られたという心の傷に、交際期間の長い短いは関係ないと思います」

「そうですね……」

セイジが、コーヒーカップの中に視線を落とし、深く長いため息を吐《つ》いた。

真知子は、意外にも自分が平常心を保っていることに気づいた。自分と同じ境遇のセイジがいることで、救われている部分があるのは事実だった。

傷の舐《な》め合いと言えばそれまでだが、共感できる相手がいるのといないのとでは、気分的に雲泥《うんでい》の差があった。

長年連れ添ってきた夫の不貞……もしひとりだったら、耐え切れなかったことだろう。

「その女性と、話し合いはなさったのですか?」

夫の浮気相手の名前を呼ぶ気にはなれなかった。

「いいえ。まだ、昨日の今日なので、正直、混乱している、というのが本音です」

セイジが頭を掻《か》き毟《むし》り、苦渋に満ちた表情で言った。

見た目のイメージと違ってセイジの繊細さは意外であり、やはり彼は作家なのだな、と妙に納得させられた。

そして、その意外性は好感が持てるものだった。

だが、セイジの行動に対して、どうしても解《げ》せない疑問があった。

「あの、そういう関係だとわかっていながら、なぜ今夜もふたりっきりにしたんですか？」

若干の非難の響きを込めて、真知子は疑問を口にした。

真知子なら、二度と京介と澪香という女を会わせたりはしない。

「急に辰波さんに来ないでくれと言ったら、疑われてしまうと思いまして……」

「疑われても、いいじゃないですか？　だって、悪いことしているのはあっちのふたりですよ⁉」

あっちのふたり……という表現が、真知子の怒りの深さを物語っていた。

「決定的な証拠がほしかったんです」

「決定的な証拠？」

セイジが頷き、コーヒーで喉を潤《うるお》した。

「さっきも言ったように、そのとき僕は部屋に入っていません。ふたりが口裏を合わせて否定したら、どうしようもありませんからね」

「そんなの、岡さんがちゃんと聞いてるんだから、それがなによりの証拠じゃないですか⁉」

セイジも被害者なのだから、とわかっていながら、ついムキになってしまった。

「部屋にビデオを、仕かけました」

セイジが、早口で言った。

「ビデオって、監視カメラみたいなビデオのことですか？」

頷くセイジ。数秒遅れて、真知子は彼のやったことの重大さをひしひしと感じた。

「そんなことして、いったい、どうするつもりなんですか……？」

セイジの考えが、真知子には理解できなかった。

交際相手の浮気現場……つまり、セックスを観《み》るなど悪趣味にもほどがある。

あまりのショックに、気がどうかしてしまったのだろうか？

「澪香に見せるんですよ」

「なんですって⁉」

耳を疑った。

恋人の不貞を不貞を犯した本人に見せるというのか？

「そんなことをして、なにになるんですか⁉」

嫌悪感に、胃がムカムカとした。

たとえるならば、他人の汚物が躰《からだ》に付着したような感じだ。

「僕や奥さんが受けた仕打ちを考えると、それくらいやっても当然だと思います」

セイジが、毅然とした表情で言った。

「それはそうなのかもしれないですけど……そんなビデオを見たら、自分自身がいやになりませんか？」

「僕が、愉《たの》しんでいると思いますか？」

押し殺したような声——赤く潤《うる》むセイジの瞳《ひとみ》を見て、真知子は胸が詰まった。

セイジに対する嫌悪《けんお》感はいつしか消え、代わりに共感が芽生えた。

考えてみれば、不思議なものだ。

真夜中に、浮気された者同士が同じ屋根の下で語り合っているのだから……。

「僕が六歳のときに、お袋は親父を裏切って若い男と逃げたんです。相手は、十以上も年の離れた息子みたいな男でした。部屋のドア越しに澪香の声を聞いたときに、幼い頃の記憶が蘇《よみがえ》ってしまって……許せない……不潔な女を、絶対に許せないんです……」

セイジがうなだれ、肩を小刻みに震わせた。コーヒーカップの中に落ちた滴《しずく》が濃褐色の液体に波紋を作った。

「岡さん……」

真知子は立ち上がり、セイジの隣に腰を下ろすと遠慮がちに背中に手を置いた。

「察するわ」

背中から伝わる震えが心に流れ込み、真知子の哀《かな》しみと重なり合った。

「奥さん……」

セイジが、迷子になった幼子のような不安げな顔を真知子に向けた。

「あなたを、抱いてもいいですか？」

セイジの哀切な瞳が、真知子の躰を金縛りにした。

セイジの腕が真知子の肩に回された。真知子は、京介とは違う硬く引き締まったセイジの胸に身を預けた。

ゆっくりと、セイジの顔が近づいてくる。眼を閉じた真知子は、高鳴る鼓動に耳を傾けた。

十五年振りに触れる、夫以外の唇……真知子の全身を甘美な電流が貫いた。

キスだけで、こんなに恍惚《こうこつ》としたのはいつ以来だろうか？

セイジの舌が荒々しく真知子の口の中に押し入り、激しく唇を貪《むさぼ》られた。

エネルギー満ち溢《あふ》れる荒々しさに異様な昂《たか》ぶりを感じた真知子は、セイジの舌を吸った。

鼻息と舌を絡《から》め合う湿った音が、真知子を淫《みだ》らな気持ちにさせた。胸を鷲掴《わしづか》みにされた真知子の鼻息が荒くなり、乳首が固く突起する。

過去に、こんなふうに乱暴に胸を揉《も》みしだかれたことはない。セイジはまるで獲物にかぶりつく獣のようで、忘れかけていた真知子の「女」に火がついた。

セイジに押し倒されるように、唇を重ねたままソファに仰向《あおむ》けになった。

彼の太腿《ふともも》が、真知子の太腿の間に滑り入ってくる。秘部が膝《ひざ》にグイグイと押し上げられ、思わず真知子は声を漏らした。

臍《へそ》のあたりにセイジの硬直したものを感じ、皮下を駆け巡る血液が沸騰《ふっとう》したように熱くなった。

荒くなるセイジと真知子の息遣いが淫靡《いんび》なシンフォニーを奏《かな》でた。ワンピースのボタンを外したセイジの手が、胸もとから忍び入ってきたときに、真知子の消失しかけていた理性が覚醒《かくせい》した。

「だめ……」

吐息とともにうわずった声を漏らしながら、真知子はセイジの手を押さえた。

「どうしてです？」

セイジが、狂おしげに赤く潤んだ瞳で真知子を見つめた。

「だって、今日会ったばかりなのに……いけないわ」

「辰波さんは、別の女性と同じことをしているのに？」

セイジの囁《ささや》きに、ふたたび背徳の海に身を投じようとする自分を、真知子は理性で必死に引き戻した。

「たとえ主人がそうでも、私は同じになりたくないの……」

真知子の双眼から、唐突にとめどなく涙が溢れた。

「すみません」

消え入りそうな声で言うと、セイジは身を起こした。

真知子は、情欲の炎を鎮火するために眼を閉じた。

異変は、太腿を閉じたときに感じていた。

理性的な言葉とは裏腹に、肉体は正直な反応を示していたのだ。真知子の秘部は、恥ずかしいほどに淫液に濡《ぬ》れていた。

肉体は、セイジを求めていた。

セイジとひとつになるならないは別として、これは浮気したのと同じなのではないのだろうか？

おさまる気配をみせない下半身の疼《うず》き……真知子は、良心の呵責《かしゃく》に苛《さいな》まれた。

8

――ちょっと、息抜きタイムに行ってきます。

昨日と同じように、執筆途中で岡が出かけて五分あまりが過ぎていた。

「また、行っちゃいましたね」

澪香が、呆《あき》れ半分、諦《あきら》め半分の複雑な表情で言った。

一日しか経《た》っていないというのに、澪香は、また一段と美しくなっていた。

京介の隣に座る澪香の、組み替える脚もなまめかしかった。

今日は、昨日と違いショートパンツにタンクトップという軽装だった。

単に蒸し暑いのが理由なのかもしれないが、情事の残像が生々しく脳裏にこびりつく京介にとっては、目の毒以外のなにものでもなかった。

――遊びだったんですか？

今回かぎりにしよう、と言う京介に、下唇を嚙《か》み締めながら澪香は言った。

自分から言い出しておきながら、京介は早くも後悔していた。たとえるならば、灼《しゃく》熱《ねっ》の陽光に炙《あぶ》られる砂漠の地で、すぐ目の前に氷入りの水があるというのに飲めない……いや、飲まない状況に似ていた。

「また、しばらく帰ってこないでしょうから、私たちも寛《くつろ》ぎましょう？」

澪香が前屈《かが》みになり、京介に缶ビールを差し出した。

タンクトップの胸もとが弛《ゆる》み、谷間どころか危うく桜色の先端さえ見えそうだった。

澪香は誘っている。

京介は確信した。

彼女と体験する前の京介なら、なんてもったいない、と絶句するに違いない。

もちろん、体験したから失望したとか飽きたとか、そういうことではない。

むしろ、澪香の肉体の素晴らしさを知ったことで病みつきになりそうだった。

が、欲望云々《うんぬん》だけでは解決できない大きな問題が京介にはあった。

「辰波さんは、セイジさんのことが怖いですか？」

自らも缶ビールのプルタブを開けながら、唐突に澪香が訊《たず》ねてきた。

「怖くないと言えば嘘《うそ》になるけど、怖い、というのともまたちょっと違うな。編集者と作家は、主従関係が強くてね。つまり、出版社に入社して文芸編集者になった時点で、商品である作家の言うことは絶対なんだ。黒を白とは言わないまでも、灰色を白と言われたら否定しないくらいな、そんな不文律があるのさ。まあ、作家に執筆してもらえなければ商売にならないわけだから、あたりまえの話だけどね」

痛いところを突かれ、饒舌《じょうぜつ》になり過ぎている自分がいた。

「だから、怖いんですよね？」

澪香は、珍しく挑戦的だった。

「僕らは、原稿を貰《もら》ってナンボの商売だからね。バレたときのことを考えると、やっぱりね……」

京介は、言葉を濁し缶ビールを傾けた。

煮え切らない態度しか取れない自分が、腹立たしかった。

しかし、澪香に言ったのは、編集者であるかぎりどうしようもないことだった。

京介の知り合いにも、作家を怒らせて担当を降ろされた編集者がいた。

彼は、担当している作家とカラオケに行ったときに、ある失敗を犯した。

その失敗とは、作家の持ち歌を立て続けに歌ってしまったという他愛《たわい》ないものなのだが、京介の犯した「罪」の重さとは比べようもなかった。それに、岡は、その作家と違い出版界の至宝とまで言われる超大物なのだ。

考えただけで、肌が粟立《あわだ》った。

もし、澪香との不貞が発覚すれば、担当を降ろされるどころか、役員会議にかけられて飛ばされる可能性もあった。

「だったら、最初から、抱かなければいいんです」

澪香が、非難の色を宿した瞳で京介をまっすぐに見据えた。

「そうだね」

力なく言うと、京介はハイピッチで缶ビールを呷《あお》った。

それ以外に、返す言葉が見当たらなかった。

「そんな言葉、聞きたくありません」

澪香が、京介の手にそっと手を重ね、太腿を密着させてきた。

たったそれだけのことに、京介の下半身は反応した。

自己主張する欲情の声を無視するように、京介は缶ビールを呷り続けた。

京介に身を預けてくる澪香の胸の膨らみが、肘《ひじ》に押しつけられた。抑制していた淫靡な炎が、急激に燃え上がった。

京介は、「過《あやま》ち」を繰り返さないために、ソファから立ち上がった。

「奥さんに、返したくない……」

澪香が、京介の腰にしがみついてきた。

京介の中で、一切の理性が消滅した。

京介は振り返り、澪香を壁に押しつけると後ろを向かせた。膝をつき、ショートパンツごと下着を一気に足首まで引き下ろした。

滑らかな流線を描く張りのある白い尻《しり》が、目の前で弾《はじ》けた。

「いや……」

「自分から誘っておきながら、いまさらなにを言ってるんだ。ほら、こんなに濡《ぬ》れてるじゃないか？」

「いじめないでください」

「それは、もっといじめて、ということだな？」

京介は言うと、澪香の尻に歯を立てた。

「痛い……」

眉根《まゆね》を寄せ、なまめかしく尻をくねらせる澪香。

「感じてるんだろう？　この、ドスケベが！」

歯形のついた尻に、京介は平手を叩《たた》きつけた。

澪香は、はうっ、という声を漏らし、内股《うちまた》気味に足を閉じ腰を沈めた。

「本当のことを言ってみろ？　感じてるんだろう？」

澪香が、首を横に振った。

「確かめれば、すぐにわかるさ」

京介は、充血した肉襞《にくひだ》をVの字を作った指先で左右に広げた。

「粘っこい糸を引いているじゃないか？　どうしようもないドスケベ女だな、君は」

「恥ずかしい……」

か細い声で言う澪香のうなじから耳朶《みみたぶ》にかけて、薄桃色に染まった。

京介は、澪香の尻の割れ目に鼻先を埋《うず》め、舌先で秘部を舐《な》め上げた。

無駄な肉のない背中を弓なりに反らす澪香の足が、ガクガクと震えた。

「ん？　どうしたんだ？」

訊《たず》ねながら、京介は肉襞に唇を押しつけ、わざと下品な音を立てて淫液を啜《すす》った。

聴覚で興奮したのか量を増した淫液が、京介の口の周囲をベトベトに濡らした。

「もう……立ってられません……」

切なげな表情で訴え、腰砕けになる澪香の尻を押し上げた京介は、ぬめりつく陰部に中指を挿入した。

澪香が、十指で壁を掻《か》き毟《むし》った。

折り曲げた中指でザラついた天井を擦《こす》り、小指でクリトリスを刺激すると、ひと際《きわ》大きな声を出す澪香の陰部から勢いよく噴き出した淫液が足もとに水溜《た》まりを作った。

「もうイッたのか？　はしたない女だ」

京介は、フローリングの床にへたり込み、小刻みに下半身を痙攣《けいれん》させる澪香を見下ろし、罵倒《ばとう》しながらズボンとトランクスを脱いだ。

「じゃあ、俺のものは要らない、ってことだな？」

京介は、猛々《たけだけ》しく反り返ったものを誇示するように腰を突き出して言った。

肩を上下させる澪香が、首を小さく左右に振った。

足首に残ったショートパンツと下着が全裸よりも卑猥《ひわい》で、京介の欲望の炎を煽《あお》った。

京介は、澪香を突き飛ばし四つん這《ば》いにさせると、狂おしいほどに白くふくよかな臀部《でんぶ》にふたたびかぶりつき、ぬかるむ秘部に人差し指と中指を突っ込んだ。

「あっ……」

澪香が、苦痛とも快楽とも取れる声を漏らした。

スパンキングで赤らんだ尻にうっすらと血が滲《にじ》み、溢《あふ》れ出した愛液が京介の指を伝って床に糸を引いた。

三本、四本、五本と、一本ずつ挿入する指を増やした。

フィストファック……押し込んだ拳《こぶし》を、京介は前後にピストンさせた。

泣き叫び、澪香が悩ましげに尻を左右に振った。

それが激痛によるものでないのは、びしょびしょに濡れた手首が代弁していた。

不意に拳を抜いた京介はソファに戻り、煙草《たばこ》に火をつけた。

水浸しのアヒル座りの姿勢で振り返った澪香が、餌《えさ》を取り上げられた犬さながらに恨めしそうな瞳《ひとみ》で京介を見つめた。

「なんだ？」

その瞳がなにを求めているのかわかっていながら、意地悪く突き放した。

「ねえ……」

澪香が京介の足もとに赤子の這い這いで近寄り、加虐《かぎゃく》の遊戯に刺激され突出した肉塊をくわえ込んだ。

「勝手なことをするな」

京介は腰を引き、澪香の唇から股間《こかん》を遠ざけた。

それでもめげずに、ふたたび澪香は股間に顔を埋めようとしてきた。

京介は澪香の額に手を当て、それを拒んだ。

「行儀も悪けりゃ節操のかけらもない。飢えた豚だって、そんなにガッついてないぞ」

罵倒しながら、京介は足の親指を澪香の秘部に捩《ね》じり入れた。

澪香が顔をのけ反らせ、足の親指をペニス代わりに腰をグラインドさせた。

「このっ、淫乱女《いんらん》が！」

京介は、罵声を浴びせて澪香のタンクトップとブラジャーをずり上げた——あらわになった右の乳房をきつく摑《つか》んだ。

手の平を、突起した乳首がくすぐった。

言葉攻めで言っているだけではなく、本当に澪香は性に貪欲《どんよく》だった。

改めて思う。女とは、摩訶《まか》不思議な生き物だ。

いま、目の前で淫《みだ》らに悶《もだ》える澪香が、最初に会ったときの彼女と同一人物とは思えなかった。

十代の頃までは、女性は聖母だと思っていた。

二十代になり、女性が生身の女であることを知った。

三十代になり、女性に男性と変わらぬ性欲があることを知った。そして四十代になったいま、女性は男性など足もとにも及ばないほどの獣であることを知った。

京介は、澪香の華奢《きゃしゃ》な躰《からだ》を引き寄せ抱き上げると、抱っこちゃんスタイルで挿入した。

チャレンジするかどうか、京介は逡巡《しゅんじゅん》した。

二十歳のときに何度か試したことがあり、成功している。

だからといって、当時より明らかに体力が落ちていることを考えると、今回も成功するとはかぎらない。

もし、腰砕けになったりしたら恥をかくことになる。

が、挑みたかった。四十代でそれができたなら、大きな自信になる。京介は足腰に力を込め、息を止めると澪香を抱きかかえたまま一気に立ち上がった。

腰が悲鳴を上げ、膝《ひざ》が震え、ふくらはぎが強張《こわば》った。

堪《こら》え、気合いとともに澪香の躰を上下させながら腰を突き上げた。京介の首に巻かれていた澪香の両腕に力が入る。髪を左右に振り乱す澪香の切れ切れの喘《あえ》ぎ声が耳をくすぐった。

全身に、滝のような汗が流れた。澪香の喘ぎ声に、京介の掠《かす》れた呼吸が重なった。

細身とは言え、四十キロ台の重さが両腕にかかる負担は想像以上の苦痛だ。

しかし、普段しない体位での交接に異常に興奮する澪香の恥態は、苦痛を忘れさせてくれるに充分な光景だった。

「辰波さん……凄《すご》い……凄い……」

澪香の吐息混じりの声が、京介の情欲を掻き立てた。

いま、間違いなく自分は「雄」だった。

それも、盛りのついた獅子《しし》の若雄……感動に、胸が打ち震えた。

不倫が背徳であるというのなら、生殖器は妻だけを相手にしたときにのみ息吹《いぶき》が与えられるはず。

しかし神は、ゆきずりの女性であっても性行為に及べる力を、我々男性に与えたのだ。

ある官能作家がなにかの雑誌のインタビューで語っていたセリフが、京介の罪悪感を和らげた。

ピストン運動のピッチが速まるとともに、澪香の肌の温度が上昇し、京介の肌に吸盤のように吸いついてきた。

京介は澪香をソファに押し倒し、正常位で激しく攻め立てた。

背中に食い込む爪《つめ》。掻き毟られる髪の毛——快感に抗《あらが》い切れないのだろう、澪香は絡《から》ませた両脚で京介の胴をグイグイと締めつけながら叫び、躰中を痙攣させた。

陰茎の根もとあたりに、水圧を感じた。

「また、潮を吹いたのか？　また、私の陰毛をベトベトにしたのか？」

果てた澪香を突き上げる京介が、今度は堪え難い昂《たか》まりに襲われた。

「雌豚、雌豚っ、雌豚！」

視界が青黒っぽくぼやけてゆく……京介は暴発前に引き抜いた京介自身を握り締めた右手を、澪香の口もとで上下に動かした。

五指が三往復したあたりで、京介の呻《うめ》き声を合図に澪香の唇に向かって白い放物線が描かれた。

京介は、糸を引く赤黒い先端を白濁液に塗《まみ》れる唇に押し入れた。頬を凹《へこ》ませながら欲望の残滓《ざんし》を吸い取る澪香は、とても卑猥だった。胸板を弾ませた京介はフローリングの床にへたり込み、ミネラルウォーターを喉《のど》を鳴らして飲んだ。

「また……しちゃいましたね」

アヒル座りの格好で唇に付着する精液をティッシュで拭《ぬぐ》い取る澪香が、首を傾《かし》げ気味にして言った。

その姿に、京介は刺激された。情事を終えて一分そこそこだったが、すぐに挑めそうな自分がいた。

腕時計を見た。午前一時三十二分。セイジは、今夜もキャバクラに違いない。あと一時間は戻ってこないだろう。

「そのまま、後ろを向いてくれないか?」

「え?」

「後ろから、その座りかたを見たいんだ。僕は、尻フェチでね」

言ったあとに多少の後悔の念に襲われたが、堂々と観賞するためにはカミングアウトしたほうがやりやすかった。

「お尻が、好きなんですか?」

面と向かって真顔で訊ねられると、自分がとても変な性癖を持つ男のような気がした。

「若い頃は、胸だったんだけどね」

「若い頃って……年を取ると男の人は好きな部分が変わるんですか?」

澪香の物言いが幼子のようで、不意に抱き締めたくなった。

それは、性的な意味合いではなく、純粋なる感情から発する抱擁だ。

慌《あわ》てて、その感情を頭から打ち消した。

澪香を、性の対象以外の眼で見るのは非常に危険なことだった。彼女がどれほど魅力的であろうとも、京介に家庭を壊す気はない。肉欲がすべてであり、終点がいつもセックスであるからこそ、澪香に心惹《ひ》かれているのだ。

いや、心が、ではなく肉体がだ。

京介は、真知子に対して誠実であるために、一ミリたりとも澪香に心を動かされてはならない、という「掟《おきて》」を自分に課していた。

「よく言われるのは、十代は顔、二十代は胸、三十代はお尻《しり》、四十代は太腿《ふともも》、五十代はふくらはぎ、六十代は足首……というふうに、年齢《とし》を重ねるに従って興奮する対象が下がっていくって話だよ。その説でいくと、僕ももうすぐ太腿フェチになるということになるね」

「へぇ、じゃあ、七十代になると足の指先になって、八十代になるとまた顔に戻るのかな？」

真剣な口調で訊ねる澪香に、思わず京介は噴き出した。

「なにか、おかしなこと言いました？」

きょとんとする澪香の腕を引いてソファから下ろすと、京介はきつく抱き締めた。

「私、おかしいのかな？」

京介の耳もとで、澪香が不安げな声を出した。

「なにがだい？」

問いかけに答える代わりに、澪香は京介の手を取り太腿の奥へと導いた。

そこは、湿地帯さながらに滑《ぬめ》っていた。

「いっぱい、感じたばかりなのに……」

「おかしくはないさ。澪香が、淫乱なだけだよ」

言葉攻めの再開だが情事の最中とは違い、京介の物言いは柔らかだった。

それがかえって、強い口調のときよりもサディスティックさを増して聞こえる。

「過去に、こんなことは一度もありませんでした」

男にとって最上級の褒め言葉は、京介の内部に不快な影を落とした。

「岡先生の前に、そんなに大勢の男とつき合っていたのか？」

「いえ、そうでもないです」

「何人の男と寝たんだ？」

京介は、澪香の陰部の突起を指先で摘《つま》みながら訊《き》いた。

「さ、三人……です」

指先から逃げようと身を捩《よじ》り、甘い吐息を漏らす澪香。

「初体験は？」

京介は、よりいっそう親指と人差し指に力を込めた。澪香が腰をもじもじさせ、京介の手首を両手で摑み細やかな抵抗をした。

「じゅ、十六歳……」

「十六歳だと？　ませた女だ。相手はいくつでなにをやっている男だ？」

「二十二歳の……大……学生です」

「ずいぶん、年が離れているじゃないか」

不快な影が面積を増した。

京介は、粘土をそうするように指の腹で突起を揉《も》み転がした。

初体験の相手が同年代ではなく、年上、という事実がなぜか嫉妬《しっと》心を搔き立てた。

「彼は……家庭……教師で……した」

指の間で熱を帯び、怒張する突起。

「家庭教師ってのは、勉強を教わる相手じゃないのか？　え？　まさか、勉強中に親に隠れてセックスしたのか？」

恥じらいつつ顎《あご》を引く澪香。

膨張する嫉妬心――京介の下腹部が漲《みなぎ》った。

「破廉恥《はれんち》な女だ。誘ったのはどっちだ？　ん？」

澪香の陰部から湧《わ》き出す蜜液《みつえき》の量は夥《おびただ》しく、ぬるぬると滑って突起を摘めないほどだった。

「彼……のほう……です」

「どういうふうに？」

京介の呼吸も、澪香に負けないほどに荒く乱れていた。

突起をいじりながら、水浸しの空洞に中指を滑り込ませると、澪香が腰を浮かせて眉間《みけん》に縦皺《たてじわ》を刻んだ。

「胸を……揉んできて……」

「こんなふうにか⁉」

京介は、空いているほうの手で澪香の乳房を鷲掴《わしづか》みにした。

「その家庭教師の前で、いまみたいに感じたのか？　お？　こんなふうに、グチョグチョに濡《ぬ》らしたのか？」

くの字に折り曲げた中指を激しく抜き差しし、ザラつく天井の襞《ひだ》を擦《こす》った。

さらに澪香の腰が浮いた。ふくらはぎの隆起した筋肉がエロティックだった。

「おら、また潮を噴くか⁉　おら、おらっ、おら！」

指ピストンを止めた。指の腹で天井の襞をグッと押し上げると、散弾銃さながらに透明の液体が飛び散った。

京介はぐったりとしかけた澪香の躰を無理やり引き摺《ず》り起し、壁に手をつかせると煽情《せんじょう》的に盛り上がる臀部《でんぶ》の肉を十指で掴み、熱り立つペニスを突き刺した——のけ反る澪香の顔を振り向かせ、唇を貪《むさぼ》った。

個人的に京介は後背位……それも立って後ろから貫くスタイルが好きだった。獣的というか野性的というか、支配願望が強かった。

「もっと……」

「聞こえないな。もう一度言ってみろ」

消え入りそうなか細い声で貪欲な要求をする澪香に、京介はサディスティックな口調で言った。

「もっと、強く……」

「強く、なんだ?」

「強く……突いて……くださ……い」

「こうか、こうかっ、こうか!」

京介は澪香のくびれをしっかりと掴み、腰を打ちつけた。

ふたたびのオルガスムスに達しようとしたときに、玄関のドアが開くときの風圧が部屋を軋《きし》ませた。

それまでの怒張ぶりが嘘《うそ》のように、澪香の中で京介自身が一気に萎《しぼ》んだ。

「どうしたんですか？」

首を後ろに巡らせた澪香が、怪訝《けげん》そうに訊《たず》ねた。

「先生が帰ってきた。急いで服を着て窓を開けるんだ」

指示を出しつつ、京介は手早くトランクスとズボンを穿《は》いた。ネクタイを締め直し、手櫛《てぐし》で髪を整えて部屋を飛び出した。

「あ、お帰りなさい。はやく帰ってこないかと、首を長くして待ってたんですよ。息抜きもいいですけど、原稿のほうも頑張って頂かないとね」

京介は、疑われないようにいまの心境と真逆のことを口にした。

「玄関まで出迎えにくるなんて、気合い充分ですね。クーラーつけてないんですか？」

岡の視線は、京介の額に滲《にじ》む汗に向けられていた。

「いえ……つけてますよ。私、汗っ掻《か》きなんですよ。お酒も呑《の》んでますし。それより、いま、何枚くらい進んでるんですか？」

動揺が顔に出ないように気をつけ、京介は話題を変えた。

一分、いや、一秒でも長く澪香に時間を与えたかった。

彼女がどこまで気の回る女なのかが、心配でならなかった。

服を着ることと、情事のあとの独特の籠《こも》った匂《にお》いを消すために窓を開けることは命じた。

だが、髪の毛の乱れ、口紅の滲み、欲望の残滓を拭ったティッシュ、ソファや床に付着しているかもしれない体液……直し、処理しなければならないことは山とある。

「立ち話もなんですから、部屋で話しましょう」

「あ、先生っ、大変です！」

事務室に向かう岡の背中に、京介は大声で呼びかけた。

「急に、どうしたんですか？　びっくりするじゃないですか？」

どうしたんですか？　と言われても、岡を事務室に入れないための咄嗟《とっさ》の行為なので、「大変」な理由など考えていなかった。

「そう言えば、さっき、先生を訪ねて女性の方が来たのを忘れてました」

「こんな時間に？」

時刻はもう、午前二時をとうに過ぎている。

そんな時間に女性が訪ねてくるのは、どう考えても不自然だ。

咄嗟の出任せは、あらだらけだった。

「ええ。派手な感じの若い女性でした。先生は不在だと言ったら、また、出直してきますと帰りました」

架空の訪問者は、水商売の女を連想させるタイプにした。

夜の勤めの女ならこの時間に訪問しても不自然ではないし、キャバクラ好きの岡なら身に覚えもあるだろう。

数秒で思いついた出任せにしては、上出来だった。

「辰波さんが、お会いになったんですか?」

岡が驚いた意味が、すぐにわかった。

ここは岡のマンションであり、来客があった場合に応対に出るのは普通は秘書の澪香だ。

「澪香さんが手が離せなくて、出てくださいと言われたもので……」

言った直後に、この出任せを口にしたことをすぐに後悔した。

「あいつ」

岡が舌打ちをし踵《きびす》を返すと、事務室のドアノブに手をかけた。

「あ、先生……」

京介は慌《あわ》てて呼びかけたが、間に合わなかった。

「澪香……」

ドアを開いた岡の顔が強張《こわば》った。

すべてが終わった。

京介の顔も、岡に負けないくらいに凍《い》てついた。


「おい、大丈夫か⁉　澪香っ、おい！」

ドア口に俯《うつぶ》せに倒れている澪香を、岡が抱き起こした。

情事がバレたのではないとほっとしたのも束《つか》の間《ま》、京介も思わず、澪香、と叫びそうになった。

いったい、どうしたというのだ？　自分が岡を出迎えている間に、澪香になにが
……？

「辰波さんっ、救急車を……」

「大丈夫……。ちょっと、立ち眩《くら》みがしただけだから」

岡の腕に抱かれた澪香が、薄目を開けて言った。

「立ち眩みがしただけって……お前、病院に行ったほうがいいって」

「本当に、大丈夫……」

言いながら、立ち上がりかけた澪香がよろめき腰砕けになった。

「ほら、無理するんじゃないよ」

澪香を抱き留めた岡が、咎《とが》めるように言った。

「セイジさん、悪いんだけどベッドに連れて行ってくれる？」

具合が悪いとはいえ、甘えた声音で岡を名で呼ぶ澪香に、京介は嫉妬を覚えた。

「辰波さん、ちょっと寝室に行ってきますから、事務室でお待ちください」

京介が頷《うなず》くと、軽々と澪香を抱え上げた岡は廊下の奥に向かった。

岡の背中越しに、澪香が片目を瞑《つぶ》ってみせた。

ここでようやく、京介は悟った。

澪香がなぜ仮病を使ったのか……そして、なぜベッドに連れて行ってくれと頼んだのかを。

岡の背中が見えなくなったのを見届け、急いで事務室に駆け込んだ京介は四つん這《ば》いになると、薬物を探す麻薬犬さながらに床を這いずり回った。

ソファの下とガラステーブルの脚に、京介の残滓《ざんし》が飛び散っていた。

澪香が機転を利《き》かせてくれなかったら……と思うと背筋が冷たくなった。

ふたりの不貞行為の証拠をティッシュを使って湮滅《いんめつ》した京介は、中腰の格好で隅々にまで視線を巡らせた。

ソファのクッションと背凭《せもた》れの境目に、澪香の髪の毛が数本落ちていた。

京介は一本ずつ抜け毛を指先で摘み、ティッシュに包んだ。

情事の激しさを物語るように、そこここに抜け毛が散乱していた。

落ちているのは澪香の髪の毛ばかりでなく、平べったくウェーブのかかった抜け毛……京介の陰毛もかなりあった。

不意に鳴り響く携帯電話の甲高い電子音に、京介の心臓が跳ね上がった。

液晶ディスプレイに浮かぶ真知子の文字に、鼓動が高鳴った。

束の間、電話に出るかどうか京介は迷ったが、通話ボタンを押した。

岡の原稿を取りにきていることになっているのに、電話に出ないと疑われてしまうと思ったからだ。

「俺だけど、どうした?」

『いま、どこ?』

「どこって……岡先生の事務所に決まっているじゃないか」

京介は、なにを訊《き》いているんだ、とばかりに少しだけ憮然《ぶぜん》とした声音を出してみせた。

『こんな時間まで？』

怪訝そうな真知子。

「ああ、仕方がないさ。原稿を貰《もら》うためだからな。俺たち編集者は、原稿を貰うためなら、たとえ火の中水の中ってやつだよ」

京介は、冗談めかした口調で言いながら、そこここに落ちている陰毛を拾って回った。

『どうしたの？　息が荒いわよ』

真知子は、深い意味などなく言っているのかもしれないが、疚《やま》しさの故《ゆえ》にそのひと言、ひと言に過剰反応してしまう自分がいた。

「あ、わかる？　スクワットをしてるんだよ。ほら、ソファに座って何時間も待っているだけだから、躰《からだ》が鈍《なま》って鈍って。俺がメタボリック星人になったら、お前もいやだろう？」

つい十数分前まで、ほかの女と肉体を交えていた部屋で、ふたりの情事の後始末をしながら電話をしていると知ったら、真知子はどんな気持ちになるだろうか？

膨張する罪悪感が、胸を突き破りそうだった。

『喋《しゃべ》りかたとか、言ってることとか、あなたじゃないみたい』

真知子がなにを言わんとしているかは、手に取るようにわかる。

運動嫌いの人間がスクワットをするのは不自然であり、冗談とは無縁の人間がメタボリック星人、などと冗談めいた言い回しをするのもおかしい。

「俺じゃないみたいだって？　俺は俺だよ。それより、用件はなに？」

京介は、話題を変えた。

電話で話しながらだと気もそぞろになり、「後始末」に集中できなかった。

岡が戻ってきて、陰毛の一本、精液の一滴でも残っていたら大変なことになってしまう。

『別に。用件がなければ、電話をしちゃいけないの？』

真知子のほうこそ、いつもの真知子らしくなく、言葉に棘《とげ》があり、挑戦的な感じを受けるのは気のせいだろうか？

「そういうわけじゃないけど、岡先生の原稿の進みが悪いから、ちょっと精神的に余裕が持てなくてな」

『私と電話できなくても、スクワットとかする余裕はあるわけ？』

真知子の皮肉が、神経を逆撫《さかな》でした。

「おいおい、いい加減にしないか。動いていないと、ストレスで胃がやられそうなんだよ。締め切りを過ぎた原稿を回収するのがどれだけ大変なことか、十何年も編集者の妻をやってるんだからお前もわかるだろう？」

ここでしどろもどろになれば、真知子の不信感に拍車がかかるのは明らかだった。

京介は、逆に真知子を非難することで窮地を脱しようと試みた。

『そうね。ごめんなさい』

素直に詫《わ》びる真知子に、京介は拍子抜けした。

「わかってくれれば、それで……」

『ねえ、いまからそっちに行ってもいい？』

力を抜いた瞬間に強烈なボディブローを食らったような衝撃が、京介の平常心を粉砕した。

「ちょ……お前、なにを言ってるんだ⁉ 来ていいわけないだろう？」

ついつい、声が裏返ってしまった。

京介は、携帯電話を耳から離して深呼吸をした。

落ち着け、落ち着け、落ち着け……。

動揺する己に対し、京介は呪文《じゅもん》のように繰り返した。

「ここは岡先生の事務所で、俺は期日の過ぎている原稿を取りにきてるんだぞ？　それがわかっていて、言ってるのか？」

京介は、真知子に、というよりも己の平静を取り戻すためにゆっくりとした口調で言った。

『妻が夫の職場を訪れて、なにが悪いの？』

暖簾《のれん》に腕押し……糠《ぬか》に釘《くぎ》。京介の言葉が聞こえていないかのような返答に、戸惑いを覚えた。

「いまが昼間なら、悪くはないさ。いったい、何時だと……」

ドア越しに聞こえる足音に、京介は口を噤《つぐ》んだ。

「岡先生が来た。切るぞ」

一方的に言うと京介は通話ボタンを押し、マナーモードに切り換えた。

予想通り、数秒後に携帯電話がバイブレートし、ディスプレイに真知子の名が浮かんだ。

「どうも、お騒がせしました」

「澪香さん、大丈夫ですか？」

京介は、相変わらず震え続ける携帯電話をそっとポケットに隠しながら訊《たず》ねた。

「ええ。疲れが溜《た》まっていたみたいですね。もともと、貧血気味なんですよ」

「そうですか……」

深刻そうな表情を作り、京介は頷いてみせた。

寝室に運ばれる際に、意味ありげに片目を瞑る澪香の顔が脳裏に蘇《よみがえ》る。

微《かす》かに、胸が疼《うず》いた。

相手が誰であっても、人を欺《あざむ》くというのは気持ちのいいものではない。

「辰波さん。ちょっと、話があるんですが、いいですか？」

岡の冥《くら》い顔が、またもや京介の心拍数を跳ね上げた。

「ええ。なんです？」

澪香との関係が、バレてしまったのか？

もしかして、寝室で澪香がなにか言ったのか？

表情を変えずにソファに腰を下ろす京介の頭の中で、不安要素が次々と浮かんだ。

「こんなこと、辰波さんには言いづらいんですが……」

言い淀《よど》む岡。沈黙が、京介の不安に拍車をかけた。

「なんでも、言ってみてください」

無理やり綻《ほころ》ばせる口もと——心音が、岡にまで聞こえるのではないかと思うほどに大きくなった。

「しばらく、東京を離れたいんです」

「え?」

「どこかでカンヅメになって、執筆に集中したいんです」

ほっとすると同時に、新たな不安が京介の胸を波立たせた。

温泉地で芸者をあげての乱痴気騒ぎ、ホテルでカラオケ三昧《ざんまい》、別荘で仲間を呼んで連日のパーティー。

いままでの経験で、作家がカンヅメになって原稿が進んだ例《ため》しがない。

締切りをきちんと守る作家ほど、カンヅメ未経験者が多いものだ。

つまり、作家がカンヅメを口にしたときは、「息抜きしたい」のサインだと言っても過言ではない。

「カンヅメって、どこでですか?」

「軽井沢に、別荘があるんですよ」

「軽井沢ですか……。せめて、都内のホテルかどこかというわけにはいきませんか?」

軽井沢ともなれば、同行するというわけにもいかなくなる。

眼の届かないところに行かれるのは、さすがに不安だった。

「都内なら、ここにいても同じです。僕は、人里離れた場所にひとりで行きたいんです」

「ひとりで？」

「ええ」

「もしかして、澪香さんも連れて行かない気ですか⁉」

京介は、わざと驚いた口調で訊ねた。

頷《うなず》く岡を見て、京介の心で微かな変化が起こった。

「困りましたね」

口ではそう言うものの、さっきまでとは違い、そうなるように願っている自分がいた。

「心配なさらなくても、サボったりしませんよ。辰波さん、僕を信じてもらえませんか？」

京介は、腕組みをして思案した。

しかし、考えを巡らせているのは、原稿のことではなかった。

「仕方がないですね。わかりました」

渋々といった表情を作ってはいるが、京介の心は弾んでいた。

「ありがとうございます。なんだか、やる気が出てきましたよ」

「ところで、いつから軽井沢に？」

嬉々《きき》とした表情にならないよう気をつけながら、京介は訊ねた。

「善は急げ……明後日《あさって》あたりから、行こうと思ってます」

「くれぐれも、原稿のほう頼みますよ」

京介は、心とは裏腹に心配そうな表情で念を押した。

「わかってますって。約束します」

言いながら、岡が小指を差し出した。

頷き、岡の小指に小指を絡《から》ませる京介は、頭の中で澪香とのふたりきりの日々に思いを巡らし、胸を高鳴らせた。

9

冷たい発信音を流すコードレスホンを、真知子は虚《うつ》ろな瞳《ひとみ》でみつめた。
荒い呼吸、いつもは口にしない冗談……明らかに、京介の様子はおかしかった。
心臓を鷲摑《わしづか》みにされているような胸苦しさに真知子は襲われた。
二十四歳……。
いったい、どんな女性なのだろうか？
セイジの秘書をやっているくらいだから、さぞかし美しい女性に違いない。
京介の腕が見知らぬ若い女性を抱き、唇が……。
考えただけで、内臓を焼き尽くされそうな嫉妬《しっと》心に襲われた。
ルックスは？　美人？　かわいい？　並み？
犬系と猫系ならどっち？
垂れ眼なのか切れ長の眼なのか？
芸能人で似ている人は？
髪はロングとショートのどっち？　黒髪？　茶髪？

色白？　地黒？

肌の張りは？

胸のサイズとカップは？　巨乳？　美乳？　それとも貧乳？

ぽっちゃり気味なのかスリムなのか？

身長は何センチで体重は何キロ？

乳輪の大きさは？　乳首の色は？

セックスには貪欲《どんよく》なのか淡泊なのか？

会ったことのない澪香という女性について、次々と疑問が浮かんだ。

ひとつだけはっきりしているのは、自分より十以上も年下の女性だということだった。

夫の浮気相手……それだけが、真知子を苛《さいな》んでいるわけではなかった。

澪香は、セイジの恋人であり、つまり彼とも性交渉があるという事実が、真知子を複雑な気分にさせた。

京介に対するときと違って、嫉妬、という感情にまでは至っていない。が、気分のいいものではない。

あんなに若く魅力的な男性に抱かれていながら京介とも……。

思考を止めた。

自分は、いったい、なにを考えているのだ？

セイジと肉体関係を持つ澪香に対して、羨《うらや》ましさを覚えているのか？

真知子は、ソファから腰を上げ、脱衣所に向かった。

脱衣所で服を脱ぎ、全裸で鏡の前に立った。

張りのある乳房、小さめの乳輪、薄桃色の乳首、透き通る白い肌……二十代前半の女性には劣るかもしれないが、年齢の割には若々しさを保っており、少なくとも、澪香と同年代の頃の自分ならば、負けていない自信があった。

シャワールームへと入った。ノズルをフックにかけ、頭上から降り注ぐ熱い湯を浴びた。

シャワーを止め、ボディソープを掌《てのひら》で全身に塗りつける。

這《は》わせていた手を、乳房で止めた。つい数時間前にセイジに激しく揉《も》みしだかれた感触が、生々しく、淫靡《いんび》に蘇《よみがえ》る。

乳房を包む掌に、力を込めた。秘部が甘く疼き、真知子は内股《うちまた》になった。

空いているもう片方の手を、ボディソープを潤滑油代わりに下腹部に滑らせた。

盛り上がる丘を掌で覆《おお》い、敏感な空洞の入り口に恐る恐る中指を当てる。

躊躇《ちゅうちょ》する指先……真知子は、自慰というものをしたことがなかった。

吸われる唇、絡み合う舌。セイジとの濃厚な接吻が脳裏に蘇る。激しくなる秘部の疼きに抵抗するように、真知子は腰を引いた。中指を入れたいという衝動が、気息奄々《えんえん》の理性に襲いかかる。

まるで、バターの上を指の腹でなぞっているように、ぬるりと中指が空洞に吸い込まれると、真知子は思わず短い呻《うめ》き声を発した。堪《たま》らず、真知子は中腰になった。

ぬめりの中を、中指で掻《か》き回した。甘美な電流が腰に走り、下半身に力が入らなくなった。

真知子の太腿《ふともも》に当たっていた、あの堅く怒張したセイジが入ってきたら……。

空想が、真知子のぬめりの量を夥《おびただ》しいものにした。

指の動きが激しくなるのと比例するように、シャワールーム内に谺《こだま》する真知子の呻き声が大きくなった。

「真知子、寝てるのか？」

中指の動きを止めた。

京介が帰ってきた。

「いま、シャワーを浴びてるわ」

真知子は大声で返しながら、慌《あわ》ててシャワーのノズルを秘部に向け、ぬるつきを洗い流した。

シャワーを止め、真知子は気を静めるために深呼吸をした。

脱衣所に出ると、素早く躰《からだ》の水分を拭《ぬぐ》い、部屋着に着替えた。

「なんだ、こんな時間にシャワーを浴びてたのか？」

リビングに入ると、ソファに座りネクタイを緩めていた京介が怪訝《けげん》そうに訊ねてきた。

「あ、うん、いろいろと雑用が重なって、お風呂《ふろ》に入りそびれちゃって。ご飯、いらないよね？」

動揺が顔に出ないように、真知子は平静を装《よそお》い訊ねた。

「ああ、もう、こんな時間だし、一杯呑《の》んだら寝るよ」

白み始めている窓の外に視線をやり、京介は言った。

「いまビールの用意をするから、待ってて」

キッチンに向かう真知子の胸は、バクバクと心音が刻まれていた。自分は、なんてことをしたのだろう？

シャワールームでの行為を思い出した真知子の顔面は、火で炙《あぶ》られたように熱く火照った。

あのとき、真知子の肉体はセイジを求めていた。

セイジの荒々しく、若々しい肉体を……。

欲求に抗《あらが》えずに指で鎮《しず》めようとするなど、はしたない女だ。

これでは、まるで、動物と同じではないか？

自責の言葉を頭の中に並べつつ、真知子は冷蔵庫から取り出したビールとグラスを載せた盆を手にリビングに戻った。

「お疲れ様でした」

真知子は、京介のグラスにビールを満たした。

本当は、言いたいことが山とあったが、疚《やま》しさが追及の言葉を喉《のど》もとで押し止めていた。

「仕事とはわかっていても、作家さんのお守りも疲れるよ」

京介は苦笑いをし、ビールをひと息に呷《あお》った。

「岡さんの原稿のほうはどうなの？」

脳内に蘇りそうになるセイジとの「不貞」を、真知子は頭から追い払った。

「うーん、あんまり進んでないな。なにかと言うと、すぐ息抜きでね」

白々しい、と真知子は思った。セイジが息抜きしている間に、自分は若い女となにをやっていたのだ？

「その仕事、誰か代わりの人にやってもらうわけにはいかないの？」

澪香と会わせたくない、という思いは当然あったが、会わせたくないのは、彼女だけではなかった。

もしかしたら、セイジが京介になにかを言うのではないかという不安に苛まれたのだった。

「編集長だから、岡先生も我慢してるんじゃないか？　平の編集者なんて、行かせられないよ」

そんなに、澪香に会いに行きたいのか？

嫉妬の炎が、真知子の内臓を焼き尽くした。

しかし、苦しいのは、真知子自身にも、脛《すね》に傷がある、ということだった。

なぜ、見ず知らずの男性と、あんなことをしてしまったのだろうか？

後悔が津波のように押し寄せてくる反面、今度、セイジに求められたら断り切れるだろうか？　という不安もあった。

「さぞ、愉《たの》しい仕事場なんでしょうね」

でも、許せないという気持ちをどうしても拭い切れずに、真知子は皮肉を返した。

「まだ、そんなことを言ってるのか？　こっちは仕事で疲れてるんだから、妙な言いがかりをつけるのはよしてくれ」

「澪香さんって、きれいなの？」

京介の開き直ったような物言いにいら立ちを覚えた真知子は、思わず澪香の名前を口にしてしまった。

「お前、どうして彼女の名前を知ってるんだ？」

「岡さんから聞いたのよ」

真知子は、即座に答えた。

時間をかけたら、その分、セイジとの関係を疑われてしまうからだ。

「岡先生と？　どこで？」

「昨日、岡さんから電話がかかってきたの」

これは、嘘《うそ》ではない。だが、その後の展開を口にすることはできなかった。

「用件は？」

京介の顔が強張《こわば》った。

「いつも、ご主人をお借りして申し訳ございませんって」

「それだけか？」

「うん。ほかに、なにかあるわけ？」

「いや、ほら、秘書の名前はどうして知ったのかな、と思って……」

しどろもどろになる京介を見て、真知子は少し意地悪な気分になった。

「そんなに、澪香さんって人のことが気になるの？」

「な、なにを言ってるんだ。彼女のことが気になるんじゃなくて、お前がどうして岡先生の秘書の名前を知ってるのか気になっただけだよ」

動揺を押し隠すように、京介が手酌で注いだビールを呷った。

「私が、訊《き》いたのよ。主人が原稿を待っている間に一緒にいるのは、男性ですか女性ですかって」

「どうして、そんな余計なことを訊くんだ？　岡先生に、変に思われるだろう！」

熱《いき》り立つ京介に、真知子はセイジの言ったことが嘘ではないと確信した。

「あら、どうして？　妻なんだから、そういうことを把握しておくのは当然でしょう」

「把握ってな……俺は仕事で行ってるんだから、いちいちそんなことを訊くんじゃないよっ」

「仕事仕事って、仕事だったら妻を放りっぱなしにしてもいいわけ？　その日あった出来事を話したり、旅行の計画を立てたり……最近の私たちって、夫婦らしいことなんにもしてないと思わない？」

「だから、いまは忙しくてそんな時間は……ん？」

京介が顔をしかめ、腰を浮かすと右手をお尻《しり》の下に差し入れた。

「これ、なんだ？」

京介の指先に摘《つま》まれているのは、青っぽいボタンだった。

あのとき、たしかセイジが着ていたのはデニムのシャツ……真知子の顔から、さっと血の気が引いた。

「ボタンじゃない？」

動揺を押し隠し、真知子は、なにを言ってるの？　とばかりに怪訝そうな顔を作ってみせた。

「そんなことはわかってるよ。これは、誰のボタンだと訊いてるんだ？」

京介の顔も、真知子に負けないほどに怪訝そうだった。

「あなたのじゃない？」

真知子は動揺を悟られぬよう、淡々とした口調で言った。

「俺のじゃないよ。こんな色のボタンがついた服なんか持ってないしな」

「じゃあ、私のかしら」

あくまでも、興味はない、というふうを装った。

京介は、ソファの上に顔を近づけていた。

「ずいぶん、髪の毛が落ちてるな」

冷や汗が背筋を流れ落ち、鼓動が高鳴った。

「お前、ここで寝たのか?」

「ええ。ちょっと、仮眠を……」

真知子は、京介の質問に乗ることにした。

眠ってはいないが、ソファに横たわっていたのは事実なのでそう答えたほうが得策だと思ったのだ。

「お前さ、まさか、変なことをやってるんじゃないだろうな?」

声のオクターブを落とした京介が、疑心に満ち溢《あふ》れた瞳《ひとみ》を真知子に向けた。

「変なことって、なによ?」

真知子は、剣呑《けんのん》な声音で言った。

京介がなにを疑っているかはわかっていたし、また、その疑念は当たっていた。

だが、ここで気分を害してみせなければ、認めたも同然になってしまう。

「だから、つまり……その……俺を裏切るようなことだよ」

言いづらそうにしながらも、京介は妻の不貞を仄《ほの》めかすような言葉を口にした。

「あなた、私を疑ってるの⁉」

真知子は、気色ばみ、血相を変えた。

ここでの怒り具合は、今後の展開を大きく左右する。

「いや、そういうわけじゃないけど……」

「そういう意味じゃないなら、どういう意味なのよ！　私が、そんなことをする女だと思ってたわけ⁉」

しどろもどろになる京介に、真知子は詰め寄った。

浮かんでは消える罪悪感――嘘を吐《つ》いて申し訳ない、という思いと、自分もやってるくせに、という思いが複雑に交錯した。

「そんなんじゃないって。ただ、髪の毛や見慣れないボタンが落ちてたから……」

「髪の毛やボタンが落ちてたからって、私が浮気をしていたって言うの⁉　あんまりよ……そんなの、あんまりよ！」

涙ながらに、真知子は絶叫した。

あまりの迫真の演技に、自分で自分が怖くなった。

挿入があったかどうかはさておき、自分が浮気した事実に変わりはないのだ。

それなのに、泣き叫び、しかも夫を責めるなど、信じられなかった。

「わかった……わかったから……もう、寝るよ」

ビールを半分以上残したまま、腰を上げた京介が逃げるようにリビングから出て行った。

ひとりになった真知子は、あと味の悪い自己嫌悪《けんお》に苛《さいな》まれた。

真知子は、京介が飲み残したビールを呷った。

ほろ苦さだけが、真知子の胸に広がった。

10

「なに？　軽井沢だって？」

デスクで部下が受け取ってきた原稿に眼を通していた局長の篠山が、片方の眉毛《まゆげ》を吊《つ》り上げた。

「ええ。人気《ひとけ》のないところで、執筆に集中したいと……つまりは、そういうことだと思います」

辰波は、篠山の顔色を窺《うかが》いながら切り出した。

「お前、何年編集者やってんだよ。作家がリゾート地に行って原稿が進んだ例《ため》しがあるか？　遊びたいだけだ。人気がないところでやりたいなら、都内のホテルを取ってやれ。ただでさえ脱稿が遅れてるんだから、軽井沢なんかに行ってる場合か」

不機嫌に吐き捨てる篠山。

予想通りのリアクションだった。

篠山は社内でも、超のつく石頭で融通の利《き》かない男として有名だった。

以前、中堅作家が沖縄に取材旅行に行きたいという申し出を却下したこともあった。

篠山が平の編集者時代に、担当している作家が締切り原稿の追い込みのために熱海《あたみ》で執筆するという約束をまったく守らず、毎晩、芸者をあげたり呑《の》んだくれたりで、結果、連載に穴を空けたことがあったらしい。

恐らく、そのときのことがトラウマになっているに違いなかった。

「ですが、明日には出発するみたいで、手配も済ませているんですよ」

「キャンセルすればいいだけの話だ」

「局長、岡先生は十年にひとりの逸材です。ウチで書いてもらうと約束を取るまでに、どれだけの苦労があったかをご存知でしょう？　もし、気を悪くして、ほかに原稿を持っていくなんてことになったら、どうするんですか？」

京介は、懸命に訴えた。

岡の機嫌を損ねるのが怖い、という不安はもちろんある。

が、京介が篠山を説得しようとしているのは、それだけが理由ではなかった。

――もしかして、澪香さんも連れて行かない気ですか⁉

京介は、軽井沢行きを告げる岡に向けた言葉を思い出した。

岡が軽井沢の別荘に籠《こも》れば澪香と会える時間が増える、という不純な考えもあった。

「そんなことを言ってるから、たかだか二十いくつの若造が付け上がるんじゃないか。とにかく、軽井沢行きはキャンセルだ」

「お言葉ですが、出版社にとって作家は心臓です。いくら局長の命令でも、それだけは従えません。では、失礼します」

「おい、辰波、待たんか！」

篠山の怒声を振り切るようにして、京介は編集部のフロアをあとにした。

「出版社にとって作家は心臓です……か。さっきの編集長のセリフには、痺《しび》れましたよ」

文芸部の部下……前橋《まえばし》は言うと、豪快に蕎麦《そば》を啜《すす》った。

前橋は、去年まで他の出版社にいたのだが、敏腕編集者として有名な京介に憧《あこが》れ、朝日出版に移籍してきたのだ。

「そんな大袈裟《おおげさ》なもんじゃないさ。俺は、事実を言っただけだ」

「でも、その事実を、あれだけきっぱり局長に言えるなんて凄《すご》いですよ」

前橋が褒めれば褒めるほど、京介は居心地の悪さを覚えた。
局長に盾突いた本当の理由を知ったなら、前橋はどう思うだろうか？
いや、前橋のことよりも、気にしなければならないのは真知子のほうだ。

——澪香さんって、きれいなの？

不意に、真知子の言葉が脳裏に蘇《よみがえ》った。
真知子は、京介の行動を完全に疑っていた。
女の嗅覚《きゅうかく》とは、恐ろしいものだ。
まさか、岡と電話で話して、澪香の存在を聞き出すとは思ってもみなかった。
しかし……。
京介にも、気になることはあった。
ソファに落ちていた見慣れぬボタンと大量の抜け毛……まさか、とは思う。
真知子は、美容室で男性美容師に髪の毛を触られるのも嫌がるような女だ。
そんな彼女が、浮気をするとは考えられない。
もしかして、自分と澪香の関係を疑い、腹癒《い》せで……。

真知子がほかの男と肌を重ねていると想像しただけで、胃の裏側がカッと熱くなった。

自分は、二度も若い女性を抱いておきながら、空想の中での妻の浮気に嫉妬《しっと》するなど虫がよすぎる話だ。

たとえ、空想ではなく本当に真知子がほかの男性に抱かれていたとしても、自分に嫉妬をする資格などない。

頭ではわかってはいるが、心の乱れはどうすることもできなかった。

ソファに落ちていたあのボタンと髪の毛はいったい……。

分厚い掌《てのひら》の中で変形する白くふくよかな乳房、逞《たくま》しく隆起した肩越しに眉間《みけん》に皺《しわ》を寄せる真知子……妄想が、際限なく広がった。

怒りに、割り箸《ばし》を持つ指先に力が入った。

「編集長？　編集長？」

前橋が、怪訝《けげん》な顔で京介の名を呼んでいた。

「あ、ああ……」

妄想から現実世界へと戻ってきた京介は、蕎麦つゆをまるでお冷やのようにひと息に飲み干した。

「どうしたんです？　凄い怖い顔をしてましたよ？」

「いや、なんでもない。啖呵《たんか》を切った以上、岡先生の原稿を取り損ねたら大変なことになると思ってな」

妻の浮気に妄想を膨らませていたなどとは言えず、京介は心にもないことを口にした。

「ですよね。局長、結構、執念深いところがありますからね」

携帯電話の着信音が鳴った。

噂《うわさ》をすれば……。

苦虫を噛《か》み潰《つぶ》したような篠山の顔を思い浮かべながら、京介は携帯電話のボディを開いた。

待ち受け画面に浮くRの文字に、心拍が跳ね上がった。

サイレントにしていなかったことを悔やんだ。

鳴り続ける着信音に、焦燥感が募った。

「電話、出ないんですか？」

前橋が、訝《いぶか》しげな表情で訊《たず》ねた。

「あ、ああ……」

ここで出ないと妙に疑われると思い、京介は通話ボタンを押した。

『お忙しいところ、すみません。澪香です』

「あ、お疲れ様です。どうしたんですか？」

京介は、前橋の眼を意識して、わざと他人行儀な喋《しゃべ》りかたをした。

『奥様が、近くにいるんですか？』

「いえ、違います。部下と、昼飯を食べてるんですよ」

電話を切らせるのならば、真知子がそばにいると思わせたほうがよかったが、澪香に誤解されたくはなかった。

『あ、ごめんなさい。ご迷惑でしたね。また、かけなおします』

「いや、大丈夫ですよ。どうしました？」

『セイジさん、明日から軽井沢に行くんですよね？』

セイジさん、という澪香の言いかたに、京介は激しい嫉妬を覚えた。

そんなお前に、真知子の浮気を疑う資格があるのか？

皮肉っぽい自問の声が、脳裏に鳴り響いた。

「ええ、そうみたいですね」

『いらっしゃいます？』

どこに、ということは訊《き》かなくてもわかっていた。

唐突に、若々しく張りのある澪香の裸体を……肌の感触を思い出し、京介の下半身に異変が起きた。

「もちろんです」

思わず、即答していた。

京介は、理性は欲望には勝てないということを痛感した。

『嬉《うれ》しい』

控えめながらも弾んだ声を上げる澪香に、京介の胸はときめいた。

最後に真知子にときめいたのは、いつだっただろうか？

もう、思い出せないほどに遠い昔のような気がした。

いや、ような、ではなく、じっさい、遠い昔の話だった。

出会った頃は、真知子が髪の毛をいじり、また、ティーカップを口もとに運ぶだけで鼓動が高鳴った。

彼女のどんな小さな仕草も見逃さないように、一挙手一投足を視線で追った。

彼女のため息さえも聞き逃さないように、耳を澄ました。

それが、いまは、真知子が髪型を変えても……新しいピアスを耳につけても、京介はその「変化」に気づくことはなかった。

「では、明日、お伺い致しますので」

京介は、努めて事務的に言うと、電話を切った。

心地好《よ》い余韻とときめきが顔に出ないように、京介は無表情に煙草《たばこ》をくわえた。

「岡先生ですか？」

前橋が、すかさず訊ねてきた。

気のいい男ではあるが、野次馬根性が旺盛《おうせい》なのが玉に瑕《きず》だった。

「いいや。それより、お前、中富《なかとみ》先生の原稿、どうなってるんだ？」

京介は、これ以上、前橋に詮索《せんさく》されないように中富の名前を出して話題を逸《そ》らした。

中富伸乃助《しんのすけ》は時代小説の大御所であり、文壇一、気難しい男で知られている。

原稿の催促をすれば気分を害し、遠慮して連絡をしないと臍《へそ》を曲げる……ひと言で言うなら、究極のわがまま男であり、歴代の担当編集者は胃薬を常備していた。

「あ、それがですね……」

急にテンションの下がった前橋が、いかに原稿の回収がうまくいってないかを語り始めた。

京介は、眉間に縦皺を刻んでみせながらも、明日からの甘い背徳の日々に思いを馳《は》せて胸を高鳴らせていた。

11

運命的な出会い、腹違いの兄妹、兄に一方的に思いを寄せる幼馴染《おさななじ》み、親が決めた妹の婚約者、兄の交通事故、妹の不治の病……昼メロ的な偶然と悲劇とどろどろの連続の要素が天こ盛りのドラマに、真知子は釘《くぎ》づけになっていた。

主婦という生き物は不思議なもので、どこかで何度も見たり聞いたりしたようなストーリーでも、ついつい、引き込まれてしまうのだ。

いまテレビで流れている、夕刻の時間に始まる再放送のドラマを観《み》ながら紅茶を飲むのが真知子の日課になっていた。

ドラマのストーリーは、腹違いの兄妹の許されぬ愛、という時代錯誤も甚だしいものだったが、真知子は……というよりも、主婦はこの〝禁断の愛〟なる響きに弱かった。

多くの主婦は、それなりに満たされた平和な生活を送っているのだが、裏を返せば、刺激のない平凡な生活とも言える。

脳も刺激がなければ退化していくように、人間には、そこそこの意外性とハラハラ感があったほうがいいのかもしれない。

かといって、真知子が京介に変化を求めているわけではない。

謹厳実直な仕事人間の京介であるからこそ、真知子は惚《ほ》れたのだ。

巷《ちまた》でよく言われているような、危険な香りのする男に惹《ひ》かれる、というのには真知子はまったく興味がなかった。

ただ、もう少し、自分を妻ではなく女として見てほしい気持ちはあった。

アバンチュールを求める主婦も、要するに、無謀な刺激を求めているのではなく、ひとりの女として扱ってくれる男性に巡り合いたいと思っているのだ。

それを世の男性陣は、欲求不満だの、不倫妻だの、主婦を悪者扱いしているが、夫が妻を満足させていれば外に眼が向くことはない。

真知子は、不平不満に頭を占拠されていることに気づいた。

無理もなかった。

自分の夫は、構ってくれないばかりでなく、ひと回り以上も若い女性と浮気をしているのだ。

陰鬱《いんうつ》なため息が、唇から零《こぼ》れ出た。

「春美、連絡が取れたのかしら……」

真知子は、故意に、学生時代からの旧友に思いを馳せた。

思考を切り換えなければ、怒りと不安と悔しさで精神がどうにかなってしまいそうだった。

昨日、春美から電話で、中学生になる娘が友人の家に遊びに行ったきり連絡をしてこない、という相談を受けていたのだ。

同い年の春美には、もう中学生の娘がいる。

なのに、自分は……。

ふたたび、真知子は暗鬱な気分に襲われた。

突然、電話が鳴った。

いまは、誰とも話す気分にはなれなかった。

しかし、京介からの電話かもしれない。

真知子は、気怠《けだる》げな仕草でコードレスホンを手に取った。

「もしも……」

『岡です』

予期せぬ相手に、心拍が一気に跳ね上がった。

「あ、家に電話をかけてこられたら、困ります……」

『どうしてです？　作家が、担当編集者の家に電話をするのは普通だと思いますよ』

セイジが、当然、といった口調で言った。

「だ、だって、私とあなたはあんなこと……」

そこまで口にして、真知子は言葉の続きを呑《の》み込んだ。

『あんなことって、なんです？』

電話の向こう側で、セイジがクスリと笑う気配があった。

からかわれている、ということに真知子はようやく気づいた。

「もう、ふざけているなら切るわよ」

『ごめん、ごめん。怒らないで、軽いジョークだからさ。俺、いま、軽井沢に来ていることになってるんだ』

「来ていることって……どういうこと？」

『集中して執筆したいから、邪魔の入らない別荘でカンヅメになりたいって、旦那様《だんなさま》に言ったのさ』

ふたたび、クスクスという笑い声が聞こえた。まるで、子供のようだった。

「つまり、主人に嘘《うそ》を吐《つ》いたってこと？」

『ピンポーン！　六泊八日ドイツ、メルヘン街道の旅にご招待しまーす』

「どうして、そんなことを？」

真知子は、セイジのおふざけにつき合わずに厳しい調子で訊《たず》ねた。

『あんまりカリカリしていると、お肌がカサカサになります……』

「ふざけないで！」

自分でもびっくりするような大声……歳《とし》のことを言われたような気がして、つい、カッとなってしまったのだ。

『辰波さんと澪香がどうするか、試してみようと思ったんですよ』

それまでとは一転した真剣な声音で、セイジが言った。

「なんですって？」

『僕が東京にいないと思っているふたりは、必ず連絡を取り合い密会します。それを、確かめたくってね』

「密会……」

真知子は絶句した。脳裏に、京介と、会ったことのない澪香がベッドで絡《から》み合っている姿が生々しく浮かんだ。

「ふたりがそういう関係だとわかっていて、どうして止めないの⁉」

怒りの矛先を、八つ当たり気味にセイジに向けた。

『どうやって止めるんです？　惚《とぼ》けられたら、それ以上、どうしようもないんですよ？　僕は、決定的な証拠がほしいんです』

「証拠なんて……」

『隠しカメラを仕かけたことを覚えてますよね』

セイジが、真知子の言葉を遮り問いかけた。

「あなたって人は、最低な……」

インターホンが鳴った。

「お客さんが来たから、切ります」

真知子はコードレスホンのスイッチを切り、玄関に向かった。

動揺に鼓動が胸壁を乱打し、怒りに口の中が干上がっていた。

ドアを開けた真知子は、息を呑んだ。

「そう、僕は最低な男かもしれません」

十数秒前まで話していたセイジが、携帯電話を片手に目の前に立っていた。

「ちょっと、あなた、どういうつもり⁉」

狼狽《ろうばい》しながらも、手櫛《てぐし》で髪を直し、メイクをしていたことにホッとしている自分がいた。

「だけど、あなたのような美しい女性を裏切っている辰波さんのほうが、もっと最低な男です」

まっすぐに見つめてくるセイジの視線が、真知子の胸に突き刺さるようだった。

「それとこれとは、話が……」

「行きませんか？」

セイジの声が真知子を遮る。

「え……？」

「ふたりで、真実をこの眼に焼きつけに行きましょう」

思い詰めたセイジの瞳《ひとみ》に吸い込まれるように、真知子は無意識に頷《うなず》いていた。


「部屋は、九〇二号室です。僕から二十メートルくらい離れて付いてきてください。九階に上がったら、そのまま部屋に入ってください」

黒いキャップにサングラス姿のセイジは言うと、タクシーを降りた。真知子も、白のキャップにサングラスで変装していた。

かえって目立つのではないかと思ったが、素顔で歩く勇気はなかった。

命じられたとおりに真知子は、約二十メートルの間隔を置いてセイジのあとに続いた。

しばらく歩くと、瀟洒《しょうしゃ》なレンガ造りの建物が現れ、そのエントランスにセイジは入っていった。

岡から借りたキーを使って、真知子が建物に足を踏み入れたときには、セイジの姿はなかった。

ホテルのロビーさながらの豪華な大理石張りのエントランスを横切り、真知子はエレベーターホールに向かった。

乗り込み、9の番号ボタンを押す。上昇するランプを視線で追う真知子の鼓動は、はやくも高鳴っていた。

扉が開き、エレベーターを降りた真知子は九〇二号室の前で足を止めた。

ネームプレートは、空白だった。隣の九〇一号室には、岡、と書かれていた。

――どうして、ふたつも部屋を借りてるの？

――ひとりになりたいときに、隠れ家に使うためです。誰にも教えたことはありません。灯台下暗しって言うでしょう？

タクシーの中でのセイジとの会話が、脳裏に蘇《よみがえ》った。

九〇二号室のドアを開け、恐る恐る中を覗《のぞ》き込んだ。

突然、腕を摑《つか》まれ中へと引き込まれた。

「びっくりするじゃない！」

「隣には、辰波さんがいるんです。見つかったら、どうするつもりですか？」

「主人が!?」

「ええ」

セイジが暗い顔で頷くと、無言で踵《きびす》を返した。

「失礼します」

不安に手を引かれ、焦燥感に背を押されるように、真知子はセイジに続いて廊下を進んだ。

突き当たりの部屋のドアを開けると、セイジが真知子を中へと促した。

窓際《まどぎわ》のデスクの上のモニターテレビに、真知子の視線は釘づけになった。

全裸の男女……京介と澪香がソファの上で絡み合い、激しく唇を貪《むさぼ》り合っていた。

「嘘……」

真知子の視界が、さっと色を失った。

12

澪香の舌が、京介の舌に蛇のように絡みついてきた。

それだけで、京介のペニスははち切れんばかりに膨張していた。

「ほら、澪香の恥ずかしいところが丸見えだよ」

京介は、澪香の足首を摑み、大きく開脚させると秘部を凝視した。

今日から一週間、岡は軽井沢の別荘に行っている。

岡がキャバクラで息抜きしている間の情事とは、解放感が違った。

「恥ずかしいわ……」

澪香の分泌液《ぶんぴつ》もまた、いつもより多いような気がした。

「もう、ジュクジュクじゃないか？　スケベなお汁が、お尻《しり》の穴にまで流れてるよ」

「いや……そんな恥ずかしいこと言わないで……」

「ソファに零《こぼ》れたらシミになるから、こうしてあげるね」

濡《ぬ》れそぼる秘部を下から舐《な》め上げると、澪香が甘い鼻声を漏らした。

二度、三度、四度と舐め上げることを繰り返した京介は、いきなり肉襞《にくひだ》に唇を押しつけると音を立てて淫液《いんえき》を啜《すす》った。

卑猥《ひわい》な音に興奮したのだろう、澪香の全身を鳥肌が埋め尽くした。

「いや、いや、いや……」

「本当は、もっとやってほしいんだろ⁉」

くねる澪香の腰を両手で押さえつけ、京介は頭を左右に振りながらより激しい音を立てた。

岡が帰ってくるのを気にしなくてもいいので、ゆっくりと愛撫《あいぶ》に専念することができた。

京介は澪香の膝《ひざ》の裏を抱きかかえながら、躰《からだ》の向きを逆にした。

澪香の口に猛《たけ》り立ったペニスを押し込むと同時に、ふたたび肉襞を唇で吸った。

「なにをやってるんだ？　しっかりしゃぶれ！」

快楽に口での奉仕が疎《おろそ》かになる澪香を、京介は叱咤《しった》した。

鼻声を漏らしつつ、澪香が必死に頬を窄《すぼ》めた。

競い合うように互いの敏感な部分を舐め合うふたりの舌の音が、室内に鳴り響いた。

京介は手を伸ばし、テーブルに置いてあるバッグを引き寄せ中身をまさぐった。

今日のために用意したローターを、澪香の米粒大の突起に押し当てスイッチを入れた。

モーター音に、澪香の喘《あえ》ぎ声がリンクする。

「だ……だめ……で……す……と、止めて……」

澪香が京介を口から抜き、息も絶え絶えに言った。

もちろん、止めるわけはなかったし、澪香もまた、本気で言っているわけでないのは腰を押しつけてくる行為が証明していた。

「なに？　もっと刺激がほしいって？」

サディスティックに言いながら、京介はローターの振動を強にした。

唸《うな》りを上げるモーター音……澪香が躰をのけ反らせ、激しくよがった。

ピンク色の楕円《だえん》形に押し潰《つぶ》された澪香の米粒が、充血し怒張した。

澪香は、もう、口で奉仕する余裕もないようだった。

ローターを押しつけたまま、京介はぬかるみに滑り込ませた中指をくの字に曲げた。

外と中の性感帯を同時に攻撃すると、澪香の脚がガクガクと震え、京介の顔面に液体がかかった。

「澪香、お前って奴《やつ》は……」

京介は、澪香の細く括《くび》れた腰に腕を回し、勢いよく持ち上げ俯《うつぶ》せにした。

「イケナい子だ！　イケナい子だ！　イケナい子だ！」

俯せになった澪香を四つん這《ば》いにさせ、白桃を彷彿《ほうふつ》とさせる臀部《でんぶ》を手加減なしに平手打ちにした。

甲高い衝撃音に合わせて、恍惚《こうこつ》の表情の澪香が悲鳴を上げた。

13

澪香の股間《こかん》に顔を埋《うず》める京介。京介のモノを口に含む澪香……モニターの中では、信じ難い光景が繰り広げられていた。

真知子の知っている京介は、あんなに荒々しくはなかった。

真知子の知っている京介は、あんなに執拗《しつよう》ではなかった。

真知子の知っている京介は、あんなに下品ではなかった。

いま、真知子は悪夢を見ている。

これが、現実であるはずがない。

京介が、ひと回り以上も若い女の肉体を、まるで獣のように貪っている。

モニター越しにも、澪香の肌が瑞々《みずみず》しく肌理《きめ》こまやかなのがわかった。

大き過ぎず小さ過ぎずの釣り鐘形の乳房は先端が上を向いており、脇腹《わきばら》には微塵《みじん》の贅肉《ぜいにく》もなくうっすらと肋《あばら》が浮き、ウエストラインは抉《えぐ》り取ったように括れ、ヒップラインは悩ましい曲線を描いていた。

腹が立つほどに、見事なプロポーションだった。

スタイルだけではなく、スペインかどこかの血が混じったような彫りの深いエキゾチックな顔立ちは美しく、真知子は思わず息を呑《の》んだ。

喉《のど》が乾《ひ》りつき、体内の血液がすべて蒸発したかのように頭がクラクラした。

女としての魅力の基準がセックスアピールであるならば、認めたくはないが負けていた。

同年代なら……という自信はあった。

しかし、時間を巻き戻せはしない。

自分が成人式を迎えたときに、まだ小学生にもなっていないような女性に……。

ショック以上に、悔しさが勝っていた。

澪香が京介を口一杯に頬張り、京介がテーブルの上に置いてあったバッグからなにかを取り出した。

リモコンのようなものから伸びたコードの先に、楕円形の玉がついている。

それがアダルトグッズだということは、真知子にもすぐにわかった。

自分には、そんなものを使ってくれたことはなかった。

ベッドに入り、乳房をおざなりに愛撫し、すぐに真知子の中に入ってくる、というのがお決まりのパターンだった。

なにより、あんなに逞《たくま》しく大きくなった京介を久しく眼にしていなかった。

嫉妬《しっと》に、内臓が焼き尽くされてしまいそうだった。

「こんなに奥さんを哀《かな》しませて、辰波さんはひどい人だ」

背後からセイジが真知子の肩に手を置き、耳もとで囁《ささや》いた。

「あなただって……それは同じでしょう？」

必死に平静を装《よそお》い、真知子は言った。

「そう、裏切られた者同士、ふたりを裏切ってやりませんか？」

セイジは囁きながら、背後から真知子を抱き締めた。

「なに言ってるの、だめよ……」

「旦那《だんな》さんが、あんなことしてるのに？」

セイジが指差すモニターでは、京介が澪香の秘部にアダルトグッズを押し当てていた。

「僕たちは悪くない。悪いのは、あのふたりです」

うなじに、セイジが唇を押しつけてきた。

「だめ……」

言葉とは裏腹に、全身に電流が走り、腰から下に力が入らなくなった。

真知子は、凭《もた》れかかるようにセイジに身を預けた。

14

鏡の中の真知子の顔が恍惚に歪《ゆが》んだ。

テーブルに突いた真知子の腕が震え、下半身に力が入らなくなった。

書斎には、セイジの舌を使う音が淫靡《いんび》に響き渡った。

床に跪《ひざまず》き、真知子の臀部に顔を埋めているセイジの姿が、真知子をよりいっそう昂《たか》ぶらせた。


あなた、自分がいまなにをしているのかわかっているの?

良心の咎《とが》める声が聞こえてきた。

わかってるわ。でも、悪いのは夫よ。あの人が先に、私を裏切ったんだから。

良心の声に、真知子は抵抗した。

裏切られたからって、なにをしてもいいの？　じゃあ、あなたは、夫がそうしたからって、好きでもない男に肉体を許すわけ？

たしかに、京介が浮気したからといって、それが自分の背徳の行為の免罪符になりはしない。

罪悪感を払拭《ふっしょく》するために、真知子は視線を右斜め前方にあるモニターに移した。

モニターでは、京介が澪香の若い肉体に舌を這わせていた。

血走った眼、膨らんだ小鼻……画面越しにも、京介の息遣いの荒さが伝わってくるようだった。

それを見ているだけで、良心の声は一気に霧散した。

「奥さんの液で、僕の顔はびしょびしょですよ」

「そんなこと言わないで……あ……」

肉襞《にくひだ》を押し分け、指が挿入された。

舌とは違った力強い快感が、膣《ちつ》内に広がった。

「僕のが、ほしいんでしょう？」

「いや……」

「いやなんですか？　もうひとりの奥さんは、そうは言ってないようですよ」

鏡の中……セイジが立ち上がると、指とは違ったものが入り口に浅く入ってきた。

先端だけだが、すぐに京介のものより硬く太いということがわかった。

「どうします？　本当にいやなら、抜いてもいいんですよ？」

「いや……」

真知子は、同じ言葉を繰り返した。

「なにがいやなんです？　入れるのがいやなんですか？　それとも、抜かれるのがいやなんですか？　はっきり言わなければ、わかりませんよ」

耳もとでセイジがサディスティックに囁くと、秘部の潤《うるお》いが増した。

真知子は、京介との行為では気づかなかったこと……自分にマゾっ気があることを初めて知った。

「抜かないで……」

「いい子ですね。じゃあ、ご褒美《ほうび》をあげます」

背骨から脳天を貫くような衝撃が走った。

視界が揺れ、眼を開けていることさえできなくなった。

かつて経験したことのない強烈な刺激が骨を軋《きし》ませ、細胞の隅々まで行き渡った。

モニターの中で繰り広げられている夫の不貞に気を回せないほど、真知子は我を失った。

めくるめく快感に、とにかく、なにも考えられなかった。

乳房を鷲摑《わしづか》みにされ、顔を後ろに向かされて唇を貪《むさぼ》られた。

まだ一、二分しか経《た》ってないというのに、真知子の肌は汗ばみ、滝に打たれたようにぐっしょりとなっていた。

セックスというものが、過激なスポーツであるということを真知子は改めて思い知らされた。

不意に腕を引かれ、ソファに仰向けに投げ出された。

両脚を高々と抱え上げられ、思いきり左右に広げられた。

「はやくほしいって、たらたら涎《よだれ》を垂らしていますよ」

羞恥《しゅうち》に、真知子は顔を両手で覆《おお》った。

ふたたび、全身を貫かれる衝撃に襲われた。

乳房が重力に逆らって縦横に揺れた。

犯されているような気分になり、秘部の奥から泉が涌《わ》き出した。セイジはこれだけ動いているのに、額にうっすらと汗を掻《か》いているだけで息ひとつ乱していなかった。

「あ、だめ……」

真知子は、はやくも達してしまいそうになった。

「まだ、動きが足りないですか？」

そう言うと、セイジの腰の動きが早まった。

眉間《みけん》の裏からすぅっと力が抜け、瞼《まぶた》の裏がチカチカとなった。

真知子がイクときの予兆だった。

喘《あえ》ぎ声がひと際《きわ》大きくなり、そして、掠《かす》れて聞こえなくなった。オルガスムスの絶頂にいるとき、真知子はほとんど声が出なくなるのが特徴だった。

その特徴さえ、この何年か経験していなかった。

気づいたときには、俯《うつぶ》せにさせられていた。

躰《からだ》中に、心地好《よ》い疲労感が広がった。

お尻《しり》のあたりが、ムズムズとした。

気怠《けだる》げに首を後ろに巡らせた真知子は、眼を疑った。

セイジの指先が、真知子の臀部《でんぶ》の割れ目に吸い込まれている。

反対側の手には、ローションのミニボトルが握られていた。

「なにしてるの？」

立ち上がろうとしたが、腰から下に力が入らなかった。

「奥さんに、未知の体験をさせてあげますよ」

この場にそぐわないさわやかな笑みで、セイジが言った。

異物が体内に侵入してきた。

秘部に挿入されるのとは違う違和感に、真知子は戸惑った。

「動かないで」

妙なむず痒《がゆ》さに、躰を捩《ねじ》ろうとする真知子の背中をセイジが押さえつけてくる。

「だって、怖い……」

「最初だけです。すぐに慣れますよ」

オペの前に、患者に言い聞かせる医師のようにセイジは落ち着いた声で言った。

セイジの指が動くたびに、真知子の下半身はビクリと反応した。そのうち、お尻の周囲が熱く痺《しび》れたようになり、ジンジンとしてきた。

セイジが真知子の未開の地に押し入ってくると、背筋が棒を通されたように硬直し、両足は指先まで突っ張った。

膣内に受け入れたときとは違う圧迫感に真知子は未知の恐怖に駆られ、やめて、の声も出せなかった。

秘部には、さっきまでセイジの逞しく怒張したものに貫かれていた感触が生々しく残っており、おかしな気分に囚《とら》われた。

セイジが、真知子の背中に覆い被《かぶ》さるようにして、ゆっくりと動き始めた。

いつもは排泄《はいせつ》物が出るだけの空間に侵入した異物が、粘膜を甘美に摩擦した。

違和感が次第になくなり、代わりに快楽が支配し始めたことに真知子は戸惑った。

こういうアブノーマルな行為があるとは、女性誌の受け売りで知っていた。

が、まさか、自分が体験するとは……そして、性的悦《よろこ》びを見出《みいだ》すとは、夢にも思わなかった。

そういう行為をする人間を、いや、行為自体を嫌悪《けんお》し、軽蔑《けいべつ》していた。

そこは違う目的のためだけに存在し、少なくとも、真知子にとっては情事に使う部位ではなかった。

それが、いま、セイジが動くたびに真知子のそこは敏感に反応し、擦《こす》れるたびに秘部から液体が溢《あふ》れ出すのだった。

押し寄せるオルガスムスの波に漂いながら、真知子は、セイジのものが汚れてしまわないか、ということが気になって仕方がなかった。

「僕は、ご主人以上に奥さんを支配しています。ご主人さえ知らない味を、僕は堪能《たんのう》しているわけですからね」

耳に舌を入れながらセイジは囁《ささや》き、急に腰の動きのピッチを上げた。

真知子の悲鳴に近いよがり声が、書斎の空気を震わせた。

血が出るほどに、真知子は手の甲を噛《か》んだ。

そうしなければ、絶叫して京介たちの部屋にまで聞こえるかもしれないと思ったのだ。

初体験の恍惚《こうこつ》に、なにがどうなっているのか訳がわからなくなるほどに真知子は乱れた。

ノーマルなセックスのそれと比べて、そこを攻められたときの快感は、気を抜けば失禁してしまいそうなほどに強烈なものだった。

「奥さんのお尻、最高の締まりですよ」

ふたたび、耳もとでの囁きに続いて耳孔を搔き回す舌先……セイジの腰の振りが勢いを増した。

「ああ……あっ、あっ、あぁーっ!」

堪《たま》らず、手の甲から口を離した真知子は獣の如《ごと》く咆哮《ほうこう》を発した。不意に視界が歪《ゆが》み、暗くなった。
真知子の黒目が、瞼の裏に吸い込まれた。

躰の揺れで、真知子は眼を開いた。
青黒っぽくぼやけた天井が、次第にクリアになっていった。
瞬間、ここはどこなのか、真知子には判断がつかなかった。
躰を起こそうとしたが、背骨を抜かれたように力が入らなかった。
「お目覚めですか？」
声をかけられ、真知子は弾《はじ》かれたように首を巡らせた。
全裸のセイジが、真知子の前に屈《かが》んだ。
全裸なのは、セイジばかりではなかった。
ようやく、真知子は自分がどこでなにをしていたか記憶を取り戻した。
「思い出しましたか？」
セイジが、悪戯《いたずら》っぽい顔で自分の下半身を指差した。

指先……セイジの黄褐色に塗《まみ》れた性器から、真知子は慌《あわ》てて視線を逸《そ》らした。

思い出した。

自分が、ただ単に不倫行為をしていただけではなく、アブノーマルな情事に耽《ふけ》っていたことを……。

「私……」

真知子は上半身を起こし、床に散乱する衣服を拾い上げると胸と秘部を隠した。

「この世の終わりみたいな顔をすることはないでしょう？　たしかに凄《すご》い声を出していましたけど、ここの壁、結構、厚いから近所には聞こえてませんよ」

「忘れて！」

真知子はヒステリック気味に言いながら、下着と衣服を手早く身に着けた。

「なにをです？」

「今夜、ここであったこと、全部よ」

そう言って、真知子はポーチを手にし、部屋の出口に向かった。

「奥さん」

セイジの呼びかけに真知子は足を止め、振り返った。

「僕には忘れることができますけど、奥さんのほうが無理なんじゃないですか？」

不敵なまでに自信に満ちた表情で、セイジが言った。

「それは、どういう意味？」

うわずる声音で、真知子は訊《たず》ねた。

「奥さんの肉体に、訊《き》いてみてください」

いままでにない甘美な余韻に疼《うず》く下半身……図星だった。

憎らしいほどの余裕の笑みを残すセイジに言い返すことができずに、逃げ出すように真知子は部屋を出た。

15

「人が来るから、五分くらい待っててもらえるかな」

京介は運転手に告げると、シートに深く背を預け眼を閉じた。

自宅から二、三十メートル離れた路上……人が来るというのは、嘘《うそ》だった。

ただ、心の準備をする時間がほしかっただけ。

岡がいないこともあり、澪香の乱れかたはいつにも増して激しかった。

完全に、澪香とのセックスに溺《おぼ》れていた。

ルックス、若さ、スタイル……すべてが、極上品だった。

最初は肉体関係だけのつもりだった……肌を重ね合わせているうちに、心が入ってしまった。

性の対象としてだけでなく、澪香を愛し始めている自分がいた。澪香は岡の恋人だ。

刹那《せつな》の火遊びならまだしも、本格的に交際するとなれば秘密のまま、というわけにはいかなくなる。

岡は十年にひとりのミリオンセラー作家であり、自分は担当編集者だ。

作家と編集者の関係は、一般の会社であれば社長と平社員くらいの立場の開きがある。

つまり、平社員が社長の愛人を寝取ったくらい大変なことなのだ。そして、なにより、真知子との生活を壊したくなかった。

京介は、澪香のことも真知子のことも愛していた。

しかし、愛の質が違った。

真知子のことを愛してはいるが、正直、抱きたい、とは思わなかった。

京介の気持ちを知ったなら、さぞ、傷つくに違いない。

なぜなら、京介が真知子に求めているのは「女」ではなく、「母性」に近いものだからだ。

「お客さん。まだ、待ちますか？」

運転手の声に、京介は眼を開けた。

「いや、もう、いい」

五千円札を出して釣り銭を受け取った京介はタクシーを降り、重い足取りで自宅へ向かった。

午前一時を過ぎた住宅街の沈黙が、京介の暗鬱《あんうつ》な気持ちに拍車をかけた。

窓から零《こぼ》れる明かりにため息を吐《つ》きながら、京介はカギ穴にキーを差し込んだ。

「お帰りなさい」

ドアを開けると、奥の部屋から現れた真知子が笑顔で出迎えた。

「ただいま。大変だから、先に寝ててもよかったのに」

「ううん。あなたがお仕事を頑張ってるんだから」

真知子の言葉に、罪悪感が胸を抉《えぐ》った。

若い女体を貪《むさぼ》る……これが、自分の仕事だ。

京介の脳内で、自嘲《じちょう》の声が響き渡った。

「ありがとう。飯は済ませてきたから。いいっていうのに、岡さんとこの秘書が出前を取ってくれてね」

疚《やま》しさからか、具体的なでたらめが口を衝《つ》いた。

「そう。じゃあ、ビールでも出しましょう」

「いや、今夜はやめとこう。近頃仕事に追われて、なんだか、疲れてしまってさ」

京介は足早にリビングに向かった。

疲れなど、溜《たま》ってはいない。澪香とつき合うようになって、精神的にも肉体的にも若返っていた。

真知子の顔を見るのが苦痛だったのだ。

「そう。じゃあ、すぐにお風呂《ふろ》の用意するわね」

鞄《かばん》を受け取りながら、真知子が優しい口調で言った。

そんな真知子に、京介の胸で疑問が鎌首を擡《もた》げた。

「今日、どこかに出かけていたのか？」

京介は、引き抜いたネクタイを真知子に渡しつつ訊ねた。

今夜の妻は少し様子が違った。

どこが？　と言われたら説明できないが、とにかく、いつもの真知子らしくなかった。

この前まで、澪香のことを疑う態度に終始していたのに、今夜は彼女についてまったく無関心だ。

澪香について根掘り葉掘り訊かれるのはごめんだが、ひと言も口にしないというのは、それはそれで不自然だった。

不意に、ソファに落ちていた青いボタンと大量の髪の毛が脳裏に蘇《よみがえ》った。

「え……どうして？」

「いや、なんとなく訊いただけだよ」

「久し振りに友達から電話がかかってきたから、新宿でお茶をしてきたの」

嘘——直感がそう告げた。

問題は、なぜ真知子が自分に嘘を吐かなければならないのか、ということだ。

「友達って、誰？」

半分は不安が、半分は意地悪な気分が京介に質問を重ねさせた。

「誰って……あなたの知らない友達よ」

明らかに、真知子は動揺していた。

その動揺が、京介の確信を深め不安を掻《か》き立てた。

「知らなくてもいいから、名前を教えてくれよ」

京介はソファに腰を下ろし、さりげなく、というふうを装《よそお》い訊ねた。

本当は、もっと強い口調で詰問《きつもん》したかったが、ぐっと堪《こら》えた。

つい数時間前まで澪香を抱いていた、という引け目がそうさせていた。

「あなた、なんだか変よ。私の友達のことなんて気にしたこともないのに……」

「気にはしてないけど、お前が言いづらそうにしてるから、なんでかな、って思ってさ」

遠回しに皮肉を織り交ぜた。

気のせいかもしれないが、今夜の真知子は妙に艶《つや》っぽく見えた。疑いが疑いを呼び、京介の頭は妄想でパンクしそうだった。

「言いづらそうになんてしてないわ。昔、パート先で一緒に働いていた女性よ。なんなら、いまここで彼女に電話をしましょうか？」

挑戦的な眼で、真知子が言った。

「ああ、そうしてくれよ」

自分の言葉に、驚いていた。

が、逆を言えば、それだけ真知子の様子が疑わしいという証《あかし》だ。

「呆《あき》れた人ね……」

真知子は今度は、心底、軽蔑《けいべつ》したような眼になった。

「私が、なにも知らないと思ってるわけ？」

「どういう意味だ？」

「あなたが今日、どこでなにをしていたか、本当にバレていないとでも？」

京介は身構えた。そして真知子の心を読み取ろうとした。

岡に電話をして、また、澪香についてあれやこれやと詮索《せんさく》したのか？

そんな電話をされたなら、岡に澪香との仲を疑われてしまう。

急に、心臓が高鳴ってきた。

担当編集者の立場として、自分の犯した行為がどれだけ大変なことなのかをいまになって実感した。

真知子にバレるのもまずいが、岡に知られてしまうのはまずいというよりもヤバい。

「まさか、岡先生に電話をしたのか？」

「やっぱり、電話をされたらまずいことがあったわけね？」

「疚しいことなんて、なにもないさ。ただ、そういう電話を岡先生にされること自体がまずいんだ。お前も編集者の女房ならわかるだろう？」

「疚しいことがなければ、電話をされても平気でしょう？」

こういうところが、男と女の違いだ。

女は子宮で物を考えるとは、よく言ったものだ。

たとえなにもないにしても、そんな電話を入れられたら相手に悪印象を与えるということがわからないのだ。

いや、わからないのではなく、白黒つけたい物事に意識が奪われ、気が回らなくなっているといったほうが正しい。

「そういう問題じゃないだろう。電話したのか⁉　してないのか⁉　どっちなんだよ！」

「さあ……」

腰が浮いた──無意識に、右手が飛んでいた。

派手な音とともに、真知子の顔が横を向いた。

顔を正面に戻した真知子の驚きに見開かれた瞳《ひとみ》は赤く潤《うる》んでいた。結婚生活十五年目で、初めて妻に手を上げてしまった。

「ごめん……ぶつつもりはなかったんだ」

「……謝らなくても、いいわ。私も、言い過ぎたから。ごめんなさい」

素直に詫《わ》びる真知子に、京介の良心はズタズタに切り裂かれた。言い返されて大喧《おおげん》嘩《か》になったほうが、まだましだった。

じっさいに浮気している立場としては、叩《たた》いた上に謝られては、罪の意識に押し潰《つぶ》されてしまいそうだった。

「私、先に休むね」

沈んだ声で言い残し、ソファから腰を上げた真知子はリビングのドアに向かった。

肩を落とした真知子の小さな背中を見て、京介は底なしの喪失感に襲われた。

16

寝室に入ると、真知子はベッドに俯《うつぶ》せに倒れ込んだ。

嗚咽《おえつ》を、枕で殺した。

京介に初めて頬を叩かれたショックと脳裏に蘇る夫の不倫現場……いずれも感情が迸《ほとばし》る理由ではあったが、一番大きな原因はほかにあった。

——謝らなくても、いいわ。私も、言い過ぎたから。ごめんなさい。

嫌味でも皮肉でもなく本心だった。

たしかに、京介は澪香という女と浮気をしている。

しかし、それは、自分も同じだった。

夫が不貞を働いているのと同様に、セイジと……。

どちらが先かあとか……そういう問題ではなかった。

もしも京介が殺人を犯したとして、だからといって自分も人を殺してもいいということにはならない。

夫が浮気をした事実を理由にしてセイジに抱かれる……夫婦が、それぞれひと回り以上も年下のカップルとそれぞれ不倫関係に陥る。

なんと薄汚い、情けない話なのだろう。

順風満帆とはいかないまでも、ふたりの関係は理想に近かった。ともに笑い、ともに泣き、ともに怒り……同じ時間を共有してきた。

いつから、ボタンをかけ違えてしまったのだろうか？

互いに互いの浮気を隠しながら相手を責める……こんなに卑《いや》しく最悪な夫婦になってしまったことが、悔しくて、哀《かな》しかった。

真知子の啜《すす》り泣きに、携帯電話の着信音が重なった。

涙に濡《ぬ》れた枕に顔を押しつけたまま、真知子は手探りで携帯電話を摑《つか》んだ。

「もしもし……」

泣いているのを悟られぬよう気をつけながら、電話に出た。

『俺だ』

真知子は顔を上げ、携帯電話のディスプレイに浮かぶ、京介、の文字を見た。

「こっちに来ればいいのに……」

素っ気なく言ったものの、真知子にはなぜ京介が同じ家にいながら電話をかけてきたのか、その気持ちがなんとなくわかった。

『いや……面と向かっては話しづらいことだから』

「なに？」

『あの……さ、その……』

「なによ、もう」

いやな予感が真知子の胸で増幅した。

『お前の言うとおり……俺は……澪香って秘書と浮気をしていた……』

絞り出すような京介の声に、真知子の脳内は闇《やみ》に覆《おお》われた。

「いま……なんて言った……の？」

京介と澪香の浮気現場は、隠しカメラで目撃していた。

いまさら聞いたところで、驚くべきことではない。

しかし、じっさいに本人の口からの告白は、目撃したときとは違う衝撃があった。

『お前の言うとおり、岡先生の秘書と肉体関係を持ってしまったんだ……』

「魔が差したの？」

極力、平静を装って訊《たず》ねたものの、真知子は内心、激しく動揺していた。

『最初は……』

「最初は……って、どういうことよ？」

思わず、詰問口調になっていた。

『最初は、遊びのつもりだった』

「それって、本気になったってこと⁉」

真知子の携帯電話を握り締める手に、力が込められた。

受話口の向こう側から、重苦しい沈黙が流れてきた。

「ねえ、なぜ黙ってるの？　ちゃんと答えてっ」

『少し、考えさせてくれないか……』

「どうして⁉　どうして、いま答えられない……」

電話が切られ、冷たい電子音が真知子の胸を刻んだ。

気づいたときに、真知子は部屋を飛び出していた。

「ねえ、開けてっ」

真知子は、京介の書斎のドアをノックした。

返事はなかった。

「開けてったら、ねえ……」

ふたたびノックをしようとしたとき、ドアが開いた。

「悪かった」

「悪かった、って……それで、済む問題だと思ってるの⁉　あなたは、浮気をしたのよ⁉　私以外の女の人を、抱いたのよ⁉　ねえ、自分のやったことの重大性がわかってるの⁉　私を裏切ったのよ⁉」

問い詰めながら、真知子は胸が締めつけられる思いだった。

京介を責める言葉は、そのまま自分に返ってきた。

「許してくれ」

京介が突然、真知子の足もとに跪《ひざまず》いた。

「もう一度、やり直してくれないか？」

顔を上げ、縋《すが》るような眼を向ける京介。

頑固でプライドの高い夫の、こんな姿を見るのは初めてのことだった。

「やり直すって……そんなひどいことをしていながら、よくもそんなことが言えたわね」

京介を責めれば責めるほど、良心が悲鳴を上げた。

ひどいことをやったのは、京介ばかりではない。

「わかってる、わかってるよ。俺の残りの人生で、犯した罪を償うつもりだ。だから、頼む。この通りだ」

京介が、額を床に押しつけた。

「あなた……」

京介の必死に懇願する姿に、胸が……声が震えた。

「本当に、澪香って女の人と別れることができる？」

真知子は、許そうとしていた。

自分も過《あやま》ちを犯していなければ、こうも寛容な気持ちにはなれなかったに違いない。

「俺を……許してくれるのか？」

京介の眼に、うっすらと涙が浮いていた。

それを見た真知子の瞼《まぶた》の奥も熱くなった。

「夫婦ですもの。あたりまえじゃない」

真知子は屈《かが》み、京介の顔を上げさせると泣き笑いの表情で言った。罪悪感ばかりが、そうさせているのではない。

いま口にした通りに、京介とは恋愛云々《うんぬん》を超えた部分での繋《つな》がりを感じていた。

「真知子……悪かった……本当に、悪かった……」

咽《むせ》び泣く京介の腕が、優しく真知子を抱き寄せた。

京介の胸で貰《もら》い泣きする真知子は、心に誓った。

もう、二度とセイジと会わないことを……。

17

腕の中ですやすやと寝息を立てる真知子を、京介は柔らかな視線でみつめた。

澪香を相手に獣と化していたのが嘘《うそ》のように、いまの京介は穏やかな気分だった。

故郷に帰ったような安堵《あんど》感に包まれていた。

肉体だけの関係では得ることのできない「時間の流れ」を思い出したのは、何年ぶりだろう。

自分の不貞を知ったときの真知子は、哀しみや怒りではなく、迷子になった子供のような瞳をしていた。

心細そうな彼女の眼を見たときに、堪《こら》え切れずに涙が溢《あふ》れ出てきた。

できるものなら、澪香と会ってからのすべての出来事をリセットしたかった。

岡にバレるバレないの問題ではなく、真知子への純粋な想《おも》いが京介を激しく後悔させた。

そう、京介は、皮肉にも己の犯した罪によって真知子への愛を再認識したのだった。

「もう、絶対に哀しませないからな」

京介は、真知子の髪の毛を撫《な》でながら言った。
リズミカルなサウンド……携帯電話の着信音が鳴った。
ボディを開いた。浮き上がる、岡先生事務所、の文字を見て心臓が高鳴った。
慌《あわ》ててベッドから起き上がり、寝室を出た。
「もしもし?」
『……澪香です』
「どうしたんだい?」
リビングへ移動しつつ、京介は声をひそめて言った。
澪香には会わない。そう心に誓った直後にかかってきた電話。
まるで、その決意が本物かどうかを試されているようだった。
『いまから、会えませんか?』
「え……だって、さっきまで一緒だったじゃないか?」
数時間前なら、喜んで駆けつけただろう。
が、いまは違う。
真知子をこれ以上、傷つけることなどできはしない。
『ずっと、一緒にいたいんです。だめですか?』

泣き出しそうな……思い詰めた澪香の声を聞いて、京介の決意が微《かす》かに揺らいだ。

「無理を言わないでくれよ。俺には、家庭があるんだから」

心を鬼にして、京介は突き放した。

『会いたい……京介さんに、会いたいの』

心細そうに、澪香が言った。

ふたたび、天秤《てんびん》が澪香に傾きかけた。

悪魔の囁《ささや》きに、耳を傾けるな。また、真知子を泣かす気か？

理性が、京介を叱咤《しった》した。

「とにかく、今夜はまずいよ。悪いけど、切るよ」

話を長びかせ、気持ちが変わるのが怖かった。

『待って、切らないで！』

いままで聞いたことのないような強い口調に、京介は通話ボタンを押そうとした指を止めた。

『お願い……来て……』

掠《かす》れ……消え入りそうなか細い声が京介の胸を鷲摑《わしづか》みにした。

「澪香……」

京介は眼を閉じた。あまりにも強く握り締め過ぎ、携帯電話のボディがミシミシと軋《きし》んだ。

『私のこと……飽きちゃったんですか？』

「そんなこと、あるわけないじゃないか」

『だったら、お願い……会いにきて』

「ごめん……」

後ろ髪を引かれる思いで、電話を切った。

間を置かず、着信音が鳴った。

京介は、電源を切った。

「これでいいんだ、これで」

虚《うつ》ろな表情で携帯電話を見つめながら、京介は己に言い聞かせた。

寝室に、戻る気になれなかった。

ソファに座り、煙草《たばこ》に火をつけた。

足が貧乏揺すりのリズムを取る。

二本目の煙草をくわえたが、すぐにパッケージに戻した。

頭を抱え短い唸《うな》り声を発した京介は掌《てのひら》で膝《ひざ》を叩《たた》き、勢いよく立ち上がった。

「きちんと、ケジメをつけに行くだけだ」

ふたたび己に言い聞かせ、京介はリビングを出た。

18

インターホンの音で、眼が覚めた。

寝るときは隣にいた京介はいない。

携帯電話を手に取り、ボディを開いた。

AM3:23の表示。こんな夜中に、誰だろうか?

真知子は身を起こし、ベッドから出た。

「あなた? あなた?」

リビングと書斎を覗《のぞ》き、トイレにも声をかけたが、京介はいないようだった。

その間も、インターホンは続けて鳴らされていた。

恐怖心が、鎌首《かまくび》を擡《もた》げた。

恐る恐る、玄関に向かった。ドアスコープを覗いた真知子の顔から、さっと血の気が引いた。

どうして彼がいるのか考えるより先に、ドアを開いた。

近所の住人に見られたら、まずいと思ったのだ。

「来ちゃいました」

セイジが、無邪気な顔で白い歯を覗かせた。

「早く入って」

真知子は、セイジの腕を取って玄関に引き入れた。

「家にまで来て、なにを考えてるの⁉」

「ちょっと、近くまで来たもんですから」

「近くまで来たって……いま、何時だと思ってるの⁉」

言いながら、真知子は首を後ろに巡らせた。

京介は、どこへ行ってしまったのか？

しかし、いまは、そのほうが都合がよかった。

こんなところを京介に見られたら……。

背筋に、冷たいものが走った。

「ごめんなさい」

「とにかく、帰って」

「旦那《だんな》さんなら、今夜は帰ってきませんよ」

「え？」

セイジの言葉に、真知子は意表を衝《つ》かれた。

「辰波さんは、いま、僕の事務所で澪香と一緒にいますよ」

「なんですって⁉」

俄《にわ》かには、信じられなかった。

たしかに、京介は澪香と浮気していた。

だが、今日、夫は心から反省してくれた。

あのときの瞳《ひとみ》に、嘘はなかった。

夫婦の絆《きずな》を、数年振りに感じた。

もう一度、京介とやり直せると……いや、やり直したいという自分の心を確信した。

「嘘を言わないで。夫は、澪香さんとの浮気を自分から認めてくれたの。そして、彼女との関係を清算するって約束してくれたの。あなたの言うことなんて、信じないわ！」

真知子は、セイジを睨《にら》みつけた。

縒《よ》りを戻そうしている夫婦仲を妨害しようとするセイジのことが許せなかった。

「だったら、なぜ辰波さんはいないんですか？　そして、そのことをどうして僕が知ってるんですか？」

「それは……」

真知子は、返答に詰まった。

言われてみれば、そのとおりだった。

真知子の胸内《なか》で、ふたたび京介への疑心が膨らんだ。

「信じられないのなら、これをどうぞ」

セイジが、手にしていたバッグからビデオカメラを取り出しスイッチを入れると、液晶ディスプレイを真知子に向けた。

ディスプレイには、抱き合い激しく唇を貪《むさぼ》り合う京介と澪香の姿が映っていた。

マンションの隣の部屋から隠し撮りした映像に違いなかった。

真知子は、足もとから力が抜けて行くのを感じた。

「一時間前のふたりです。いくら僕がいないと思ってるからって……最低だと思いません？」

セイジが、吐き捨てるように言った。

「最低ね」

真知子は、きつく掌を握り締めた。

「そうですよね。本当に男として……」

「私が最低と言ったのは、あなたのことよ！」

「え？」

きょとんとした顔で首を傾《かし》げるセイジを見て、真知子のイラ立ちが募った。

「こんなビデオを隠し撮りして……それを妻である私に見せるだなんて……」

真知子の口の中から、唾液《だえき》が蒸発していた。

「そんなの、いまが初めてじゃないじゃないですか？　じっさい、旦那さんと澪香の情事を見ながら、僕とあんなこと……」

「帰って！」

突き飛ばした右手が、セイジに摑まれ宙で動きを失った。

「僕を、忘れることができるんですか？」

「いやっ」

抱き寄せようとするセイジの腕から逃れようと抵抗したものの、万歳する格好で壁に押しつけられた。

「やめてっ。人を呼ぶ……」

絶叫の続きは、セイジの唇で塞《ふさ》がれた。

脳が痺《しび》れ、下半身に力が入らなくなった。

セイジの右手が真知子の胸を鷲掴みにし、左手がスカートの中に忍び入った。セイジは唇を貪りながら巧みな手つきで下着をずらし、人差し指で敏感な突起を優しく擦《こす》った。

太腿《ふともも》を閉じようとした真知子だったが、セイジの指がぬかるんだ秘部に侵入し抵抗を諦《あきら》めた。

セイジの指がゆっくりと抜き差しされるたびに、悩ましげな声が唇から漏れた。

理性が汗ばみ、罪悪感が火照《ほて》った。

「やめて……」

真知子の発する言葉はもはや拒絶ではなく、己への体裁だけだった。

指の抜き差しの速度が上がるのと、真知子の声のボリュームが上がるのが比例した。

ブラを剝《は》ぎ取られていることにも気づかないほどに、快楽の渦に溺《おぼ》れていた。

セイジの舌が固く尖《とが》った乳首を弄《もてあそ》んだ。

唇を撫《な》でる熱い吐息も、潤《うる》む瞳も、うなじに張りつく髪の毛も……そのすべてが、荒々しい刺激を期待していた。

ゆっくりと、室内の景色が流れた。

腰から崩れ落ち、四つん這《ば》いになっていた。

硬く力強い感触が膣《ちつ》内を圧迫した。

真知子は、すぐに訪れるだろう激しい瞬間に備えた。

五秒……十秒……セイジが動く気配はなかった。

真知子は、催促するように首を後ろに巡らせた。

「やめてほしいんでしょう？」

「意地悪ね……」

「じゃあ、五回だけ」

躰の中心部を貫く甘い衝撃に背骨が溶けるようだった。擦り剝《む》いた膝の痛みがわからないほどに、快楽が押し寄せた。

しかし、すぐにセイジは動きを止めた。

「やめないでっ」

思わず、言ってしまった。

「さっきはやめてと言ってたのに今度はやめないで、ですか？　わがままな人だ」

「だって……」

真知子は、思い止まり唇を引き結んだ。

焼き尽くされそうな理性に訴えかけ、野性の欲求を追い払った。

「自分で動けば、気持ちよくなれますよ？」

「そんなこと、できない……」

セイジが力強く、一度だけ腰を突き出した。

子宮がどうにかなりそうなエクスタシーに瞬間的に襲われた。

「まだ、できないんですか？」

「もう、ジラさないで……」

自分でも恥ずかしくなるような、淫靡《いんび》な声だった。

「奥さんにその気がないなら、抜いちゃいますよ」

弄ばれていると、わかっていた。が、セイジがなにか言うたびに、真知子の本能は疼《うず》いた。

真知子は、自らゆっくり円を描くように尻《しり》を動かした。

静かに、深く、恍惚《こうこつ》が真知子に手招きをする……眩《まぶ》しい闇《やみ》に、溶け込んでゆきそうだった。

「ご褒美《ほうび》を、差し上げましょう」

臀部《でんぶ》を掴《つか》むセイジの手に、力が込められた。

セイジの息遣いに合わせて、目の前のドアが前後に揺れた。

獣の声が聞こえた。その声が、自分の声だと気づいたときには、真知子の理性は恍惚の荒波に呑《の》み込まれていった。

19

澪香を抱え上げ洗面台に座らせると、京介は跪《ひざまず》き、細く長い脚を開かせ顔を埋《うず》めた。

さっきまでの接吻《せっぷん》で、充分過ぎるほどに潤《うるお》った澪香の秘肉を舌で舐《な》め上げた。

澪香の甘い鼻声に、京介自身の先端も既に粘液で濡《ぬ》れていた。

京介は、うどんを啜《すす》るような下品な音をわざと立てて唇での愛撫《あいぶ》を続けた。

雌の本能に火がついたのか、溢《あふ》れ出す愛液の量が増した。

舌先で秘肉を掻《か》きわけると、澪香が太腿で京介の頭を締めつけてきた。

「俺を窒息させる気か？」

京介は強引に頭を抜き、口の中に溜《た》まった愛液を指先で掬《すく》い、糸を引く様を見せつけた。

「いや……」

澪香が頬を赤らめ、顔を背けた。

はにかむ仕草が、京介のサディズムに火をつけた。

「こっちに来い！」

京介は洗面台から澪香を引き摺《ず》り下ろし、廊下に出た。

「どこに行くの……？」

怯《おび》える澪香の声に耳を貸さず、京介は岡の書斎のドアを開けた。

「怒られるわ……」

「だったら、はしたない汁を流すんじゃねえ」

乱暴で下卑た言葉を使い、京介は澪香をセイジがくつろぎの場所に使っているであろうソファの上に押し倒した。

「なんだか、京介さんじゃないみたいで怖い……」

顔も声も怯えてはいるが、澪香の乳首は突起し、陰毛まで濡れているのがわかった。

「彼氏の部屋でヤラれて興奮してんのか？　おまんこがぐっしょり濡れてんじゃねえか！　淫乱くそ女がっ」

卑猥《ひわい》な言葉を連発しながら、京介は澪香の様子を窺《うかが》っていた。

白目は赤く充血し、黒目の焦点が怪しくなっていた。

口もとはだらしなく弛緩《しかん》し、息を荒らげている。

彼女にマゾっ気があることは感づいていたが、どうやら京介の想像を超えるほどのドMのようだった。

そして、京介自身もまた、己が認識している以上のサドっ気が潜んでいることに気づいた。

「そんなひどいことを言わないで……」

もっとひどいことを言って。

澪香の言葉を翻訳した。

「あ？ 彼氏のいない隙《すき》に、彼氏の書斎でおまんこ濡らして、ほかの男のちんぽ欲しがっている蓮《はす》っ葉《ぱ》な雌豚が、なに人間らしいことを言ってんだ？ てめえなんかな、ちんぽさえついてりゃ誰だっていいんだろうが？ お？ 発情したら、そこらのホームレスの臭いちんぽでも喜んでむしゃぶりつくんだろうが？」

長年、編集者をやっているからか、官能小説の登場人物さながらのセリフがすらすらと口をついて出た。

女優顔負けのルックスとスタイルを持つ若い女性に対して罵詈《ばり》雑言を浴びせる京介のペニスは、血管が脈々と浮き立っていた。

「汚い言葉を使わないで……」

澪香の愛液の放出は、よりいっそう夥《おびただ》しさを増した。

そして、京介のペニスの硬度もよりいっそう増した。

「私の下品なマンコにぶっといちんぽを突っ込んで、って言ってみろ」

京介は、右手を添えたペニスを上下に振りながら命じた。

「そんなこと、言えないわ」

澪香が、うなじまで真っ赤にして首を横に振った。

京介を見上げる瞳《ひとみ》は、仕草とは反対に熱く潤み物欲しげだった。

「正直になれよ。本当は、してほしくてしてほしくて仕方ねえんじゃないのか⁉」

京介は澪香の小豆大の突起を指でいじりながら加虐《かぎゃく》的に言葉責めにした。

「ほしい……ほしい……」

「だったら、私の下品なマンコにぶっといちんぽを突っ込んで、と言えや」

「……私の……下品な……マンコに……ぶっと……い……ちんぽ……を……突っ込んで……」

はにかみながらおねだりする澪香に、京介の欲情に火がつき、勢いよく跳ね上がった亀頭が下腹を叩《たた》いた。

「よっしゃ、ズッコンズッコンやってやる！」

そう叫び、京介は澪香の両脚を思い切り開いた。

澪香の中に、力強く侵入した。

「ああっ！」

澪香が、顔をのけ反らせ歓喜の悲鳴を上げた。

その薄桃色に染まった白肌に、さーっと鳥肌が立った。

「うら、うらっ、うら！」

かけ声とともに腰を前後に振るたびに、澪香の恍惚に歪《ゆが》んだ顔が前後に揺れた。

「もう、だめ……だめだめだめっ！」

澪香が昇り詰めると同時に、京介の背筋から延髄にかけて快感が突き抜けた。

オルガスムスが頂点に達する寸前に、京介は澪香から離れて己をしごくと腹の上にどろりとした大量の液体を放出した。

ソファから下りて仰向けになった京介の胸は、荒い息で上下に波打った。

「今日の京介さん……なんだか違った」

喘ぐように、澪香が言った。

「いやだったか？」

「いやじゃないけど、恥ずかしい……」

恥じらう澪香に、いま絶頂に達したばかりの京介の下半身がふたたび疼き出した。

京介が澪香によって雄を取り戻したのは、若さや美貌《びぼう》ばかりでなく、その羞恥《しゅうち》心にあることがわかった。

――俺を……許してくれるのか?

――夫婦ですもの。あたりまえじゃない。

不意に脳裏に蘇《よみがえ》った真知子とのやり取りが、京介の胸を鷲掴《わしづか》みにした。

あのとき、たしかに夫婦の絆《きずな》を感じた。

もう一度やり直せる……そう確信した。

長年連れ添った伴侶《はんりょ》を愛《いと》しく、そして大切に思った。

金輪際、澪香とは会わないと心に誓った。

その決意に嘘《うそ》はなかった。

だが、あれから一日も経《た》たないうちに、京介は卑《いや》しく、粗暴な獣と化して本能の赴くままに澪香の肉体を貪《むさぼ》った。

最初の浮気に比べて、今度は罪が重い。

夫の最大の裏切りを寛大な気持ちで許してくれた真知子に対して、顔向けができなかった。

「どうしたの？　なにか考え事？」

いつの間にか澪香が、不安そうな表情で京介を見下ろしていた。

「え？　いや、別に……」

「嘘っ。奥さんのこと？」

鋭く切り込んでくる澪香に、京介の心臓は跳ねた。

「馬鹿《ばか》、そんなわけないじゃないか」

身を起こした京介は内心の狼狽《ろうばい》を見透かされぬよう、平然とした仕草で煙草《たばこ》をくわえた。

「だって、最初はもう会えないって言ってたし……。ねえ、もしかして、奥さんとしたの？」

澪香は執拗《しつよう》だった。これが真知子ならば鬱陶《うっとう》しくなるところだが、彼女の場合はそれだけ夢中にさせている、という証《あかし》に思え逆に嬉《うれ》しかった。日が浅い交際期間とひと回り以上も年下、ということが京介をそういう気持ちにさせているのだろう。

しかし、心地いいからといって、追及してほしいというわけではない。いまは、後ろめたさもあり、真知子の件には触れてほしくはなかった。

「してないよ」

嘘ではなかった。義務感に駆られて、抱こうとしたことはある。が、結局は抱けなかった。

そう、京介はもはや、妻では反応しない躰《からだ》になってしまっていた。

「本当に、してない？」

「ああ」

「嘘吐《つ》いたら……」

京介は立ち上がり、執拗に追及してくる澪香の唇を塞《ふさ》いだ。

獲物を前にした肉食獣のように、京介の下半身は即座に反応した。

いま、欲望を放出したばかりだというのにだ。

「もう一回、おまんこしてやるよ」

京介は、ふたたび下卑て粗暴な男に変身した。

20

火照《ほて》った肉体に、フローリングのひんやりとした感触が心地好《よ》かった。

廊下に俯《うつぶ》せになった真知子は、プールで数百メートル泳いだあとのような気怠《けだる》さに包まれていた。

セイジとの情事が、まるで再生されたＤＶＤのように脳裏に鮮明に蘇った。

もう、セイジはいない。しかし、余韻だけで真知子は濡れた。

麻薬とは、きっとこういうものに違いない。

悪いことだとわかっている。一刻も早くやめなければならないとわかっている。

けれど、やめられない。

罪悪感も理性も焼失する甘く激しい炎は、愛すべき存在をも心から消し去ってしまう。

湧《わ》き上がる後悔は、情欲という名の荒波にいとも簡単に呑《の》み込まれてしまう。

なにもかも、失っていい。ただ、セイジが欲しかった。

いや、自分が求めているのはセイジではなかった。

かつて経験したことのない快楽を与えてくれる、セイジの「一部」がほしかった。

俯せのまま腰を浮かせ、疼《うず》く湿地帯に指先を這《は》わせた。

動物だと軽蔑《けいべつ》されてもいい。

指先は、ぬるりと奥へと吸い込まれた。半開きの口が糸を引く。

淫乱《いんらん》だと敬遠されてもいい。

潤《うる》む肉襞《にくひだ》が、二本目の指先をくわえ込んだ。

真知子の尻が浮き上がっては沈んだ。

セイジが与えてくれた快感に少しでも近づくために、小刻みに動かす指先に合わせるように腰を前後させた。

京介が、帰ってくるかもしれない。

つい二、三十分前まで行われていたセイジとの情事の痕跡《こんせき》が残る玄関先で、こんな姿を見られたなら言い訳のしようがない。

それでも、指の動きを……腰の動きを止められはしなかった。

真知子は、悩ましく、糸を引くような声を発した。

薄く開いた眼は潤み、だらしなく弛緩した口もとは涎《よだれ》でべとべとになっていた。

「ほしい……ほしい……ほしい……ほしい……ほしい……」

狂ったように、腰を振った。狂ったように、指を動かした。

いったい、自分はどうしてしまったのだろうか？

いったい、自分はどこへ行ってしまうのだろうか？

セイジの若い肉体に導かれ官能の海で泳げるのなら、悪魔に魂を売り渡し地獄に堕《お》ちてもいい……。

瞬間、瞼《まぶた》の裏に浮かんだ京介の顔は、すぐにセイジの顔に取って代わられた。

情欲の炎が鎮火すると、さっきまではどうでもいいと思っていた罪悪感の悲鳴が声量を増した。

ソファの背凭《せもた》れに身を預けている真知子がぼんやりと見つめているのは、テーブルに置かれた携帯電話だった。

京介が若い女と浮気したことへの仕返し？

澪香という小娘にたいしての対抗意識？

ふたりへの復讐《ふくしゅう》？

どれも、イエスだった。

しかし、いずれの理由がきっかけであるにしろ、自分の犯した不貞の免罪符になりはしない。

果てのない漆黒の沼に、ずぶずぶと沈んでゆくような錯覚に襲われた。

いや、錯覚ではない。

真知子は、決して脱出することのできない底なし沼に足を踏み入れたのだ。

担当している作家の秘書の肉体を貪る夫……夫の担当している作家との肉欲に溺《おぼ》れる妻。

救いようがなかった。どんなに自分に甘く考えても、二度ともとの夫婦関係に戻れるはずはないことくらいわかる。

遠い日のふたりが、真実の愛で結ばれていたからこそ戻れはしないのだ。

自分と京介の夫婦生活を表現すれば、平穏な日々を送っていた村が突如大地震に見舞われて瞬時に倒壊した……というところか？

真知子は、携帯電話を手に取った。大きく深呼吸をすると、意を決したようにボタンを押した。

『いま、打ち合わせ中だから、あとでかけるよ』

電話に出るなり、京介が声をひそめた。

「いいのよ、もう、隠し事はしなくても」

真知子は、優しく、労《いたわ》るように言った。

『な、なんだよ？　どうしたんだ？』

様子の違う真知子に、京介は戸惑っているようだった。

「大事な話があるから、今夜は、必ず帰ってきてほしいの」

『あ、ああ、もちろん、仕事が片づいたら帰るさ』

あくまでも、京介は澪香との浮気を隠し通すつもりだ。

「うん。仕事が終わったら、まっすぐに帰ってきてね。じゃあ……」

真知子は、なにかを言いかけた京介の声を遮るように通話ボタンを押した。

京介を問い詰める必要も、また、その資格もなかった。

いま、やらなければならないことは、ふたりで築いた「思い出の歴史」を、これ以上、汚さないことだった。

21

「奥さんからだったの？」

京介が電話を切るのを待ち構えていたかのように、澪香がソファの上から声をかけてきた。

「ああ」

京介は生返事をし、ソファに腰を下ろすと煙草をくわえた。

「なんだって？」

「いや……別に……」

京介は、澪香から視線を逸《そ》らし、しどろもどろになった。

「帰って、いいですよ」

「なんで、そういうことを言うんだ？　別に俺は……」

「帰ってよ！」

「澪香……」

「私は、奥さんの代役じゃないのっ。することだけして、終わったら頭の中は奥さんのことで一杯じゃない⁉　私の役目は肉体だけ⁉　たしかに、私だってあなたに抱かれたいっ。でも、それは、あなたを愛してるから……肉体だけじゃなくて、心も捧《ささ》げてるのっ。京介さんは違う。私を抱いていても、心にはいつも奥さんがいる。奥さんに勝っているのは若さだけ……結局、セックスだけが目当てでしょ！」

クッション、煙草のパッケージ、雑誌……金切り声で喚《わめ》きながら、澪香が手当たり次第に物を投げつけてきた。

京介は、それらを避けつつ、澪香の言葉を胸のうちで反芻《はんすう》していた。

たしかに、澪香を抱いていても、京介の頭を占めているのは真知子のことばかりだった。

たとえば、いま東京に大地震がきて建物が倒壊するとする。

京介がまっ先に駆けつけて助け出そうとするのは、間違いなく真知子のほうだった。

たとえば、いまから世界中にたったふたりだけになるから好きな相手を選べと言われれば、京介が指名するのは世紀の美女でも売れっ子女優でもなく、間違いなく真知子だった。

セックスイコール愛だと思っていた時期があった。

セックスイコール愛とはかぎらないと悟った時期があった。

澪香は、その両方を兼ね備えている女性だと思った。

皮肉にも、真知子を裏切り、傷つけたことで、真知子こそ最愛の女性だと気づいた。

戻れるだろうか？

「ごめん……」

京介は詫《わ》びた。

澪香に……そして真知子に。

「認めるの……？」

澪香が大きく眼を見開き、恐る恐る訊《たず》ねてきた。

認めれば、この美しく若い極上の女性を失ってしまう。

澪香を失っても、真知子のところに戻れないかもしれない。

「君の言うとおりだ……本当にごめ……」

頬に衝撃が走った。

「二度と……二度と私の前に現れないで！」

ソファから立ち上がった澪香の顔は、怒りの絶叫と裏腹にいままで見たことがないほどに哀《かな》しげだった。

同情が、京介の心の扉をノックした。

が、開くわけにはいかない。

真知子は、何度も何度も同じ扉をノックした。

いまの澪香よりも力強く、悲痛な叫びで自分を置き去りにした夫の名を呼び続けた……。

この扉を開けるのは、澪香のノックではない。

「わかった。約束する」

真知子を選択して失うのは、澪香ばかりではない。

岡が東京に戻ってすぐに、澪香は恨みつらみとともに一切を告げるに違いない。

もちろん、合意の上ではなく被害者として……。

釈明する気はなかった。

自分のやったことは、合意の上であっても許される行為ではない。不世出の天才ベストセラー作家の恋人に手を出したとなれば、当然会社はクビだ。

転職しようにも岡の逆鱗《げきりん》に触れることを恐れ、どこの出版社も手を挙げるような愚かな真似《まね》はしないだろう。

肉欲に溺《おぼ》れた末に妻も職も失うことになるが、真知子への「誠実」を取り戻せればそれでよかった。

下着、ワイシャツ、スーツを身に着け靴下を履くという行為を、こんなにも苦痛に感じるのは初めてのことだった。

無言で、岡の書斎をあとにした。

後ろ手で閉めたドアの向こう側から、澪香の啜《すす》り泣きが京介の背中を追ってきた。

22

躊躇《ためら》いなくシリンダーにキーを差し込み、躊躇いなくドアを開けた。

午前五時二十分。こないだまでの自分なら、真知子の就寝を願っていた。

いまは違う。全身に染《し》みついているほかの女性の残り香や、背中に刻まれているであろう爪痕《つめあと》を見られても構わなかった。

なにより、淫欲《いんよく》に狂った中年男の醜い現実の姿を、しっかりと瞳《ひとみ》に焼きつけてほしかった。

開き直りではない。むしろ、逆だ。

ありのままの自分を見てもらい、「判決」を下してほしかった。結果、離婚を突きつけられても、自分には受け入れる選択肢しかなかった。

「お帰りなさい」

真知子は、リビングのソファにいた。

覇気《はき》のない声、こけた頬、目の下に張りつく色濃い隈《くま》……やつれ果てた妻に、京介は胸を搔《か》き毟《むし》られる思いだった。

「遅くなって、ごめんな……」

真知子を抱き締めたい衝動を堪《こら》え、京介は隣に腰を下ろした。

汚れた躰《からだ》で妻に触れることを、ほんの微《かす》かに残っているひとかけらの良心が許さなかった。

良心というよりも、同情と表現したほうが正しいのかもしれない。恋人や夫婦の関係において同情とは、あまり良くない感情と言われることが多い。

しかし、同じ情と書くこの感情は、交際期間の短い恋人関係では決して生まれることがない。

長年、生活を共にし、喜びだけでなく、哀しみ、苦しみ、憎しみさえも共有してきた者同士が分かち合える感情……それが同情だ。

「大事な……話があるの」

「覚悟はしている。いまも、澪香って女のところだった……。離婚されるのは、仕方がないと思ってる。ただ……君に謝りたい。ごめんな、本当に……」

京介はソファから下りてフローリングに額を擦《こす》りつけた。

言葉通り、許しを乞《こ》うて離婚を思い止《とど》まってほしいわけではない。

真知子の中の大切な思い出までも汚したことを、とにかく詫びたかったのだ。

懺悔《ざんげ》の涙が、頬を熱く濡《ぬ》らして床に落ちた。

「あなた、頭を上げて」

「いや、とにかくこうしなければ俺の気が……」

「違うの。私も、あなたと同じことをやっていたのよ……」

「え……？」

京介は、疑問符の浮かんだ瞳で真知子に問いかけた。

「つまり、私も浮気をしていたの」

「なんだって⁉ いったい、誰と浮気したって言うんだ⁉」

あまりの衝撃的な告白に、思わず京介は立ち上がっていた。

「あなたの知っている人よ」

「俺の知っている男って……」

何十人もの男の顔が、脳内に浮かんでは消えた。

真知子がほかの男に抱かれたなど、信じられなかった。

それはたとえるならば、母親と思っていた人が赤の他人だと知らされたときのような……そんな驚愕《きょうがく》が京介の胸を貫いた。

「セイジさんよ」

「セイジ？　セイジって、誰……まさか……」

脳内で目まぐるしく入れ替わっていた男性の顔がひとりの男で止まった。

「そう、そのまさか……岡先生よ」

激しい眩暈《めまい》に襲われ、すうっと意識が遠くなった。

「嘘《うそ》だろ……？　いくらなんでも、言っていい冗談と悪い冗談があるぞ」

「冗談じゃないわ……私は、岡先生に抱かれたの」

「俺が浮気したからって、仕返しのつもりだろうが悪ふざけにもほどがあるぞ！」

京介は、自分の立場も忘れて真知子を怒鳴りつけた。

「仕返しは、当たってるわ。でも、セイジさんに抱かれたのは本当よ」

苦渋に満ちた表情で告げる真知子の言葉は、京介にとって死刑宣告に値した。

「嘘だっ、信じない……第一、奴《やつ》と出会いの接点なんかないじゃないか！」

取り乱す京介——編集者にとって神に等しい担当作家を、「奴」呼ばわりしていることが、真知子の告白を信用している証《あかし》だった。

「あなたと澪香さんのことで連絡を取ったのがきっかけだったの。ある日、いきなりセイジさんが家に来て……」

「奴が、奴が家に来たのか⁉」

「彼は、あなたと澪香さんの関係を私に教えてくれたの。ひどく、ショックだった……。だけど、ショックを受けていたのは私だけじゃなかった。セイジさんも、恋人の浮気に傷ついていたわ」

岡が、自分と澪香の関係に気づいていたというのか……？

いつからだ？　知っていて、自分と澪香をふたりきりにしていたのか？

真知子と岡の浮気を知ったこととはまた違った強烈な衝撃に、京介は襲われた。

「お互いに、心に空いた穴を埋め合うように……」

真知子が、声を詰まらせ眼を伏せた。

「なんてことだ……」

京介は、頭を抱えその場にしゃがみ込んだ。

同年代ならまだしも、ひと回り以上も年下の男と肉体関係を結んだ妻を許せなかった。

が、二十代半ばの澪香と不倫関係にあった自分に、真知子を責める資格はない。

岡に対しても同じだ。ついこないだまで大学生だった若造に妻を寝取られたという事実は、筆舌に尽くし難い屈辱だ。

しかし、先に他人の女性に手を出したのは自分なのだ。

ぶつけようのない怒りに、内臓が焼き尽くされそうだった。

いま体験している地獄を作り出したのは、ほかの誰でもない自分だ。

「復讐《ふくしゅう》……なのか？」

潤《うる》んだ眼を真知子に向け、京介は訊ねた。

不貞を犯した自分への当てつけだけならば、どうにか納得できるかもしれない。

だが、それ以外の理由が僅《わず》かでもあれば……ほんの少しでも、岡の若い肉体に魅力を感じているのであれば、耐え切れなかった。

お前だって、若い肉体に溺れていただろう？

自己中心的な嫉妬《しっと》心を咎《とが》める自責の声が聞こえてきた。

まったくだ。

自分が犯した罪の前では、怒りも悔やみも哀しみも、そのすべてが無に等しかった。

「別れましょう」

真知子が唐突に、そして静かに切り出した。

「奴に惹《ひ》かれていたのか！」

「それを聞くことに、意味があって？」

怒声を上げる京介に、真知子は哀しげな瞳を向けてきた。

「いいから、質問に……」

「私たちは、自らの手でふたりの大切な城を壊したの。過去の美しい思い出までも、壊すつもりなの？」

真知子が京介の詰問《きつもん》を遮り、訴えかけるように見つめてきた。

新婚旅行のパリ……パリジャンとパリジェンヌが集うカフェが溢《あふ》れるモンマルトルの丘を、手を繋《つな》ぎ弾む足取りで歩くふたり。

一年目の結婚記念日の夜……揺らめくキャンドルの炎越しに見つめ合うふたり。

ある休日の遅い朝……腕の中で寝息を立てる真知子の子供のような寝顔に、柔らかな眼差しを向ける京介。

「俺は……俺は……」

悔恨が、フローリングに何度も何度も拳《こぶし》を叩《たた》きつけさせた。

手根骨の皮膚が裂け肉が剝《む》き出しになっていたが、構わず、拳を床に打ちつけた。

京介の腕を押さえた真知子が、傷口にハンカチをそっと当てた。

「もう、自分を責めるのはやめて……あなただけが、悪いわけじゃない」

真知子の揺れる瞳を見て、京介は悟った。

彼女は、自分の何倍も悔いている……そして、何倍も哀《かな》しんでいる。

「俺たち、本当に……やり直せないのか？」

こんなに素敵な女性を失ってしまうという恐怖感が、京介を急《せ》き立てた。

未練がましい男と軽蔑《けいべつ》されてもいい。情けない男と罵《ののし》られてもいい。

どんな惨《みじ》めな男に成り下がっても、真知子を失いたくなかった。

「私たちがそうしたくても、過去の私たちが許さないわ」

真知子のきつく引き結んだ唇は震え、睫《まつげ》が濡れていた。

「戻りたいよ……私だって……京介さんと……離れたくないよ……」

突然、真知子が顔を両手で覆《おお》い、堰《せき》を切ったように泣きじゃくり始めた。

堪《たま》らず京介は、最愛の妻を抱き締めた。

子供のように京介にしがみついてくる真知子。

きっと最後の抱擁……京介は、一分でも一秒でも長く、そうしていたかった。

23

「ミイラ取りがミイラになったってわけか」

書斎のデスクチェアに座ったセイジが、荷造りしたボストンバッグを手に佇《たたず》む澪香に冷めた眼を向け、吐き捨てるように言った。

セイジの言うとおり、最初は使命を果たすために京介を誘惑した。初めて肌を重ねたあとに、澪香の中で変化が起きた。

次はいつ会えるのだろう？　無意識に、そう思う自分がいた。

その感情が、恋なのかどうかわからなかった。

だが、ひとりになると、セイジよりも京介に抱かれたいという気持ちになった。

それは、京介がセックスがうまいとか、そういう問題ではなかった。

すべてにおいての相性が、京介とはジャストフィットしていた。

京介が妻からの電話を気にするたびに、嫉妬に駆られるようになった。

家に帰れば、どんな会話をしているのか、どんな休日を過ごしているのか、どんなセックスをしているのか……気が気ではなかった。家に帰したくなかった。京介の時間を妻から奪い独占したかった。

「あんなくたびれたおっさんの、どこがいいんだ？　お前のセンスを疑うぜ」

セイジが、憎々しげに言った。

自分の彼女が四十代の中年男に心を奪われたという事実に、プライドが傷つけられたのだろう。

「あなたの本を売ってくれようとしている人を悪く言うのは、あまり良くないわ」

思わず、京介を庇《かば》った。

「別に、ほかの誰が担当したって俺の書いた本は売れるさ。それより、あいつのセックスがそんなに良かったのか？　辰波の肉体が忘れられないってか？　俺は違うね。目的のためにババアを抱いただけだ」

「あなたが、そんなにひどい男だと思わなかったわ」

澪香は、軽蔑のいろを宿した瞳をセイジに向けた。

「浮気した女に、ひどいなんて言われたくないね」

「あなたが、そうするように命じたんじゃない」

「俺は、本気になれとは言ってないがな」

言い返すことはしなかった。

セイジの命令とはいえ、断ることもできたはず。

それをしなかった時点で、自分もセイジと同じ……共犯だった。

「とにかく、もう、あなたとはやってゆけないわ。さよなら」

澪香は、一方的に言い残し、書斎をあとにした。

唐突に訪れた破局……未練はなかったが、悔いは残った。

悪魔のシナリオの片棒を担《かつ》いでしまったという悔恨が……。

外へ出た――エレベーターに乗った。

セイジが、あとを追ってくる気配はなかった。

エントランスに下りた澪香は、自動ドアを抜け、メイルボックスのスペースに身を隠した。

この場所は、エレベーターからは死角になっている。

澪香には、まだ、やり残したことがあった。

セイジが出てくるまでに、数時間、いや、十数時間、立ったまま待たなければならないかもしれないが、構わなかった。

自分がやったことに比べれば、そんなことは苦痛のうちにも入らない。

私が犯した罪を、少しでも償わせてください。

澪香は、安心で京介に語りかけた。


エレベーターのドアが開くと同時に、澪香は部屋に駆け込んだ。

エントランスで待つこと三時間が過ぎたあたりで、セイジは現れた。

サンダル履きだったところを見ると、そんなに遠出をするとは思えなかった。

セイジの書斎に入ると、デスクに一直線に向かった。

運のいいことに、パソコンは起動した状態だった。

が、逆に言えば、すぐに戻ってくることを意味していた。

澪香は、ディスプレイを埋め尽くす活字を視線で追った。


啓介は、友香を岡崎の書斎へと連れ込んだ。

ここは、編集者にとっては「神」とも言える担当作家の聖域だ。これから、その聖域で岡崎の秘書であり恋人でもある友香を抱くのだ。

背徳行為のオンパレードに、啓介は異様に興奮した。

こんなに硬くなったのは、何年ぶりだろうか?

岡崎のデスクの上で開脚する友香の淫靡《いんび》な姿に、啓介は己が雄であることを思い出した。

「啓介さんのぶっといものを友香にぶち込んでって、言ってみろや」

啓介は、友香の湿った肉貝に赤紫に怒張した先端を押しつけながら、普段は使わない乱暴な言葉で命じた。

「恥ずかしい……」

「だったら、やめようか？」

啓介は、加虐《かぎゃく》的に唇を歪《ゆが》めた。

「いや……やめないで……」

「だったら、言えよ」

「啓介……さん……の、ぶっといものを……友香にぶち込んで……」

掠《かす》れ、うわずる声で友香は言うと、耳朶《みみたぶ》の裏側まで朱色に染めて俯《うつむ》いた。

「よっしゃ、ぶち込んでやるよ！　うら！　うら！　うら！」

啓介は熱《いき》り立った「自身」を友香のぬかるみに押し入れ、野蛮なかけ声とともに激しく腰を前後に動かした。

こんな場面を岡崎に見られてしまったなら、「天才若手作家」の原稿は他の出版社の手に渡り、啓介は編集者の地位を失うだけでなく解雇されるに違いなかった。

それでも、雄を取り戻させてくれた瑞々《みずみず》しい肉体の誘惑には抗《あらが》えなかった。


澪香は、ディスプレイをスクロールした。


「もうすぐ主人が帰ってきます。帰ってください」

佐知子は、玄関に押し入ってきた岡崎に、必要以上に事務的な口調で言った。

そうしなければ、理性を保てそうになかったのだ。

「奥さん。浮気された者同士、慰め合っても罪にはなりませんよ」

岡崎は佐知子の腰を抱き寄せ、耳もとで囁《ささや》いた。

夫よりも逞《たくま》しい腕に、耳にかかる熱い吐息に、佐知子の下半身は甘く疼《うず》いた。

「やめて……離してっ」

言葉とは裏腹に、佐知子が岡崎を押す腕の力は弱々しかった。


澪香はパソコンをシャットダウンさせた。これ以上、読む気になれなかった。

ワードに書かれた物語は、登場人物の名前、セリフ、行為は若干変えてはあるが、ほぼ、事実を忠実に再現していた。

――二作目の取材に、協力してくれないか？

あのときの濡香は、常識では考えられない申し出を受け入れてしまった。

新作のために、恋人を取材道具にする。

その時点で、セイジに自分への愛は存在しないと悟るべきだった。少し冷静になって考えればわかることに気づかない。

恋は盲目――セイジに捨てられたくない、という思いだけで決意した。

見ず知らずの男に抱かれることを……見ず知らずの女を抱かせることを。

濡香は唇を嚙《か》み締め、パソコンの本体から抜き取ったCD－Rを両手で摑《つか》んだ。

このCD－Rには、セイジが書き溜《た》めた原稿がバックアップされているはずだった。

両手に、力を込めた。弓なりに反るCD－R……濡香は不意に力を抜いた。

濡香は、なにごともなかったようにCD－Rを本体のトレイに戻した。

セイジへの、愛が残っていたわけではない。

彼の記憶に、自らが体験し、また、恋人から細かく聞き出した不倫行為が「バックアップ」されているので、このCD－Rを湮滅《いんめつ》したところで無駄だった。

筆の早いセイジは、記憶を辿《たど》りながらすぐに書き直すに違いなかった。

なにより、卑劣なシナリオ作りに協力したという罪が削除されることは永遠にないのだ。

罪悪感を背負いながら澪香は、重い足取りでセイジの書斎をあとにした。

この作品は二〇〇九年二月新潮社より刊行された。

新堂冬樹著

吐きたいほど愛してる。

妄想自己中心男、虚ろな超凶暴妻、言葉を失った美少女、虐待される老人。暴風のような愛が人びとを壊してゆく。暗黒純愛小説集。

新堂冬樹著

底なし沼

一匹狼の闇金王に追い込みを掛けられる債務者たち。冷酷無情の取立で闇社会を生き抜く男を描く、新堂冬樹流ノワール小説の決定版。

「小説新潮」編集部編

七つの甘い吐息

身体の芯が疼き、快楽に蕩けていく。思わず洩れる甘美な吐息——。あらゆる欲望を解き放つ、官能小説の傑作七編。文庫オリジナル。

「小説新潮」編集部編

眠れなくなる夢十夜

ごめんなさい、寝るのが恐くなります。「こんな夢を見た。」の名句で知られる漱石の『夢十夜』誕生から百年、まぶたの裏の奇妙なお話。

「週刊新潮」編集部編

黒い報告書

いつの世も男女を惑わすのは色と欲。城山三郎、水上勉、重松清、岩井志麻子ら著名作家が描いてきた「週刊新潮」の名物連載傑作選。

「週刊新潮」編集部編

黒い報告書2

不倫、少女売春、SM、嫉妬による殺人……。実在の事件をエロティックに読み物化した「週刊新潮」の名物連載傑作選、第二弾。

「週刊新潮」編集部編
「週刊新潮」が報じた スキャンダル戦後史
人は所詮、金と女と権力欲——。昭和31年、美談と常識の裏側を追及する週刊誌が誕生した。その半世紀にわたる闘いをここに凝縮。

新潮社 ストーリーセラー 編集部編
Story Seller
日本のエンターテインメント界を代表する7人が、中編小説で競演！ これぞ小説のドリームチーム。新規開拓の入門書としても最適。

新潮社 ストーリーセラー 編集部編
Story Seller 2
日本を代表する7人が豪華競演。読み応え満点の作品が集結しました。物語との特別な出会いがあなたを待っています。好評第2弾。

亀山早苗著
不倫の恋で 苦しむ男たち
不倫という名の「本気の恋」。そこには愛の歓びと惑い、そして悲哀を抱えて佇む男の姿がある。彼らの心に迫ったドキュメント。

亀山早苗著
結婚しても 恋人でいたいなら
結婚しても男と女でいたい——。そんなカップルが、刺激と官能と愛情を深めるために工夫した秘密の営みとは。赤裸々な告白集。

亀山早苗著
夫の不倫で 苦しむ妻たち
夫の恋を知ったとき、妻はどれほど悩み、どう行動するのか——。当事者となった妻たちの生々しく切実な告白によるルポルタージュ。

亀山早苗著

不倫の恋で苦しむ女たち

「結婚」という形をとれない関係を続ける女たち。彼女たちのリアルな体験と、切なさと希望の間で揺れる心情を緻密に取材したルポ。

河合香織著

セックスボランティア

障害者にも性欲はある。介助の現場で取材を重ねる著者は、彼らの愛と性の多難な実態を目撃する。タブーに挑むルポルタージュ。

河合香織著

帰りたくない
―少女沖縄連れ去り事件―

47歳の男に「誘拐」されたはずの10歳の少女は、家に帰りたがらなかった。連れ去り事件の複雑な真相に迫ったノンフィクション。

阿川佐和子ほか著

ああ、恥ずかし

こんなことまでバラしちゃって、いいの!? 女性ばかり70人の著名人が思い切って明かした、あの失敗、この後悔。文庫オリジナル。

阿川佐和子ほか著

ああ、腹立つ

映画館でなぜ騒ぐ？ 犬の立ちションやめさせよ！ 巷に氾濫する〝許せない出来事〟をバッサリ斬る。読んでスッキリ辛口コラム。

阿川佐和子・角田光代・沢村凜・柴田よしき・谷村志穂・乃南アサ・松尾由美・三浦しをん著

最後の恋
―つまり、自分史上最高の恋。―

8人の女性作家が繰り広げる「最後の恋」をテーマにした競演。経験してきたすべての恋を肯定したくなるような珠玉のアンソロジー。

神崎京介著
化粧の素顔
言葉より赤裸々に、からだは本音をさらけだす——。理想の相手を求める男が、六人の女との経験で知る性愛の機微。新感覚恋愛小説。

神崎京介著
吐息の成熟
浮気の償いに、妻を旅行に誘った夫。二人だけの夜、夫の愛撫に妻は妖艶な女へと変貌する。一夜の秘め事を描く濃密すぎるドラマ。

神崎京介著
ひみつのとき
禁断の性愛に踏み込んだ人妻。重なる逢瀬に、肉体は開花してゆくが……。官能に焙り出された男と女の素顔を描く、ビターな恋愛小説。

神崎京介著
不幸体質
少しだけ不幸。そんな恋だからこそ、やめられない——。恋愛小説の魔術師が描く、男と女の赤裸々なせめぎあい。甘くて苦い連作集。

衿野未矢著
十年不倫
自身も不倫の経験者と明かす著者が見極める愛と打算のさじ加減。女性たちの胸の痛みと本音に迫るノンフィクションの傑作。

衿野未矢著
十年不倫の男たち
妻と恋人。二人の女性に何を求めているのか。道ならぬ恋について語り始めた男性たちの、複雑な心理に迫るノンフィクション！

小池真理子
唯川恵
室井佑月
姫野カオルコ
乃南アサ著

female（フィーメイル）

闇の中で開花するエロスの蕾。官能の花びらからこぼれだす甘やかな香り。第一線女流作家5人による、眩暈と陶酔のアンソロジー。

蜂谷涼著

雪えくぼ

年下の男に溺れる女医、歌舞伎役者に入れ込む老舗呉服屋の娘……。世情と男に翻弄される女心を艶やかな筆致で描く時代小説の傑作。

草凪優著

夜の私は昼の私をいつも裏切る

体と体が赤い糸で結ばれた男と女。一夜限りの情事のつもりが深みに嵌って……欲望の修羅と化し堕ちていく二人。官能ハードロマン。

姫野カオルコ著

コルセット

欲望から始まった純愛、倒錯した被虐趣味、すれ違った片思い、南の島での三日間の邪淫。セレブ階級の愛と官能を覗く四つの物語。

宮木あや子著

花宵道中

R－18文学賞受賞

あちきら、男に夢を見させるためだけに、生きておりんす――江戸末期の新吉原、叶わぬ恋に散る遊女たちを描いた、官能純愛絵巻。

宮木あや子著

白蝶花

お願い神様、この人を奪わないで――戦中の不自由な時代に、美しく野性的に生きた女たちが荒野に咲かす、ドラマティックな恋の花。

不《ふ》倫《りん》純《じゅん》愛《あい》

新潮文庫　し－58－3

平成二十三年一月一日発行

著者　新《しん》堂《どう》冬《ふゆ》樹《き》

発行者　佐藤隆信

発行所　株式会社新潮社

郵便番号　一六二―八七一一
東京都新宿区矢来町七一
電話　編集部（〇三）三二六六―五四四〇
読者係（〇三）三二六六―五一一一
http://www.shinchosha.co.jp

価格はカバーに表示してあります。

乱丁・落丁本は、ご面倒ですが小社読者係宛ご送付ください。送料小社負担にてお取替えいたします。

印刷・二光印刷株式会社　製本・株式会社植木製本所

ISBN978-4-10-132353-4 C0193